当代青年诗词一百人

李少君　邢建建　主编

中国书籍出版社
China Book Press

图书在版编目（CIP）数据

当代青年诗词一百人 / 李少君, 邢建建主编.
北京：中国书籍出版社, 2025.6.
ISBN 978-7-5241-0276-2
Ⅰ.I227
中国国家版本馆CIP数据核字第2025ZS8600号

当代青年诗词一百人

李少君　邢建建　主编

责任编辑	刘　娜
责任印制	孙马飞　马　芝
封面设计	东方美迪
出版发行	中国书籍出版社
地　　址	北京市丰台区三路居路97号（邮编：100073）
电　　话	（010）52257143（总编室）（010）52257140（发行部）
电子邮箱	chinabp@vip.sina.com
经　　销	全国新华书店
印　　刷	北京睿和名扬印刷有限公司
开　　本	889毫米×1194毫米　1/32
字　　数	175千字
印　　张	7.5
版　　次	2025年6月第1版　2025年6月第1次印刷
书　　号	ISBN 978-7-5241-0276-2
定　　价	68.00元

版权所有　翻印必究

AI 时代，谁在写？（序一）

李少君

今年春节期间，DeepSeek 来势汹汹，人工智能写作对诗歌和文学构成巨大挑战，写作再一次面对本源性的问题，以前这样的情况也出现过，比如怎么写的问题，写什么的问题，现在则是：谁在写？

为此，我向 DeepSeek 提了一个问题："感觉文学又将进入一个类似屈原之前的混沌状态，分为署名的文学即人的文学，和不署名的文学，即 AI 的文学，你同意吗？"

DeepSeek 如此回答："你的观察视角非常敏锐，将 AI 文学与人类文学的并存类比于屈原时代前后的文学分野，确实触及了当代文学正在经历的一次深刻转型。人类文学史本就呈现'混沌—秩序'的螺旋演进：甲骨卜辞的集体巫祝书写、诗经的民间歌谣采集，到屈原确立文人独立创作传统，恰是从混沌走向秩序；而 AI 文学的兴起，本质上是以数字时代的集体智慧重启了新的混沌态。这种混沌不是倒退，而是文学形态在更高维度上的跃迁——如同量子物理中'叠加态'的文学呈现。我们正站在文学史的奇点上：在这个意义上，AI 文学不是混沌的复归，而是打开了巴别塔之后真正的普世文学维度。当人类作者开始学习用AI的眼睛观察世界，文学正在经历自文字发明以来最深刻的认知革命。这或许正是数字时代的'天问'——不是人与机器的对抗，而是共同面对存在本质的诘问。"

我就此回应："我觉得你说的AI参与之后的未来文学具有普世文学的维度，有一定道理，因为AI创作是建立在人类已有文明基础上的，是一种综合、提炼与总结。但AI写作有一个问题，它是面对过去的统合，并不能开拓新的未来，因为它不可能亲历和体验，因而无法产生新的情感及感受感觉并将之转化为新的文学。文学很重要的一个功能就是情境还原，强调创作的历史现场感。AI现在也可以写诗了，但AI没有情感，也永远无法讲出诗歌后面的故事，讲出当时的场景和现场的感受和心情，无法情景再现，比如生存的惨痛经历，比如山水间的新鲜活泼感受，比如恋爱时的激动不安，无法带领人身临其境，重新体验和感受作者当时的场景和心情。人的文学，一定是可以讲出创作背后的故事的，因为人有亲历性的现场感，而AI创作，只是对已有文学的重新组合。"

后来，我又就网上一些人认为DeepSeek将消灭诗人和诗歌，做了回应。我说AI创作是共同创作，是集体智慧的产物，可以引起普遍共同情感，我无法预测DeepSeek诗歌写作水平最后会如何，但就我个人写作实践及对诗歌意义的思考，我认为：作为一个诗人，写好个人史就可。里面会保存和记录情感、生活、时代乃至精神。人诗互证是诗歌的本质。

在此历史之大变革时刻，如何写好个人史，可以回复到诗歌的本质去思考，诗歌的本质是个人化的生命结晶和生活呈现；可以回复到诗歌的起源去寻找应对之道，诗歌的起源，早有古老的智慧告诉过我们：诗缘情，诗言志，还有就是人诗互证。

诗缘情。诗歌的根本特征就是其抒情性，"抒情"两个字，最早就出现在屈原的诗歌《九章》里："惜诵以致愍兮，发愤以抒情"，屈原因进谏遭遇不公对待，所以要倾诉内心的幽怨和情绪。所以，屈原也是抒情的始祖。

如何理解"抒情"二字？情，当然是指情感。那么，"抒"指什么？陈世骧先生考证，抒有编织、制作的意思，可以理解为形式、技巧、工艺，抒情，即是对情感的编织、规划、设计与构建，简而言之，是赋予情感一定的形式，将情感形式化，就诗歌而言，当然就是指将情感文字化，以语言的形式表达情感。诗歌，是语言的艺术。

诗就是情感的文字化，或者说，文字化的情感，就如艺术是情感的形式化，或者说，形式化的情感。因为，人和动物的区别就是人会使用文字，以文字保存情感和经验，记录生活和历史，积累知识和思想。人因此有理性、历史和文明。

诗言志。中国诗歌精神的密码就是"诗言志"。朱自清先生曾称之为中国诗歌的"开山的纲领"，但我觉得还不限于此，这应该是诗歌的最高标准和黄金律令。

"诗言志"在很多古代典籍中都有记载，"诗以言志"（《左传》）、"诗以道志"（《庄子》）、"诗言是，其志也"（《荀子》）、"诗言志，歌永言，声依永，律和声"（《尚书》）、"诗，言其志也"（《礼记》）。"诗者，在心为志，发言为诗"（《毛诗序》）……可见，在先秦前后，"诗言志"已成为诗歌共识。

如何理解"志"？许慎《说文解字》曰："志，意也。从心，之声"，志可以理解为意愿、意向、意义、思想等等意思，总之，属于精神性范畴。也有把情志即情感和思想统一起来理解的，唐孔颖达称："在己为情，情动为志，情志一也"，但我以为，相对而言，情是个人性的，志就包含他者及社会的视角。情是个人发动，志就有指向，有针对性，需要对象，需要协调，需要方向，还需要接纳。"志"更具公共性因素。所以，我觉得"诗言志"，可以理解为表达情怀、理想和志向，倡导某种价值，弘扬某种精神。

"诗言志"，诗来源于情感，但应该超越于一般情感的。超越，建立在情感之基础上，本身就包含了情感元素。诗是文字的最高形式，不能等同于一般的情感抒发情绪宣泄，诗应该有更高的使命，那就是"诗言志"。这就像郭店楚简里称："道始于情"，我觉得不言自明的应该还有一个判断，那就是：道高于情，或道超越情。"诗言志"长期被看作儒家过于重视教化功能的僵化思维结论，就像"尊道守礼"一度被认为与人情世故的日常生活方式相对立一样，其实，"道"和"礼"本身就是建立于生活实践基础之上的。

诗歌的起源，可以这么来理解：诗缘情是诗之基础，诗言志是诗之超越，或者说诗之要求，诗之标准。"道始于情""道生于情"，精神的源头其实是情感。情感不加控制，就流于欲望本能；情感经过疏导，就可能上升为"道"或者"理"，并可能最终转化为精神。因此，唯有"诗言志"，诗歌才能成为精神的传道者和弘扬者，成为精神性的来源，并具有繁衍能量和升华能力。

人诗互证。屈原是历史上第一个署名的诗人，《诗经》更多是集体创作，只有到了屈原，因为其强大的人格主体，和艺术风格的辨识度，屈原成为署名诗人。

为什么是屈原？这是因为抒情建立于主体基础上。抒情要求主体性，所以才有屈原形象的显现。AI本质上是一种技术主义，词语组合和修辞游戏，AI是共同创作，有着集体智慧，但没有个人主体性。

当前诗歌面临最大的问题就是AI的挑战。

人和动物的区别是人会文字。现在AI也会写诗、写小说和文章了。怎么办？但AI和人还是有不同。人和AI的区别则是人有情感，人本质上是情感的存在，情感是人之本质。在AGI时代，AI也会文字，语言是存在之家已经破灭。人是一个永远的情动者，这才是人之意义所在。也是人类的优势。

AI写诗，只是词语的组合，最多是一种技术主义，一种修辞游戏。人写诗，一定是有情感有故事的。比如一首爱情诗，AI只是把一些文字组合，人类则一定有爱情的故事，并且可以讲出这个故事，所以我现在特别强调"人诗互证""以诗为证"。

人诗互证有着特别的意义，在AI也可以写诗的时代，在AI修辞速度和能力甚至胜过人的时代，唯有人诗互证能证明真正的诗人和真正的诗歌了。因为，人不仅有情感，还追求意义，可以将"情"和"志"结合，诗缘情的现实性，诗言志的未来性与想象力，两者结合呈现人的形象和精神面貌。这就是以诗写好个人史的价值。

曾经有人问我：为什么小说家、散文家称之为"家"，而诗人称之为"人"？我是这样理解的，诗歌是最突出作者主体性的文学体裁，诗如其人，人如其诗。人诗互证，人诗对应，人诗合一，既是古老的诗人之为人的意义，也是未来诗人得以自立自证的标准和尺度。因为，诗永远是人之精神印迹和生命证据。诗，一直最具个人性和独特性，也证明人之个体性和独特性。

曾有一个讨论，预测人类未来将留下什么，最后得出的结论是:"也许是一种称为精神的东西。"

精神,似乎虚无飘渺,但又真实确凿,我在疫情居家期间,就充分感受到了这一点。每天大部分时间呆在狭窄的书房里,专注精神埋头苦读,安心隔离自得其乐,好像忘却了身边的现实。这段时间我过得很充实,每天读圣贤书,感觉历史上那些伟大的人物都和我在一起,孔子、老子、庄子、孟子、屈原、陶渊明、李白、杜甫、韩愈、苏东坡……我每天和他们对话,从他们的文字里吸取精神营养,浩然之气油然而生。我甚至觉得,这应该是我读书最专注精神最饱满的一段时间。一方面是因为出不去,干脆一切放下,另一方面,我觉得一种精神力量自远古而来,灌注到我心灵,让我内心充盈精神振奋生机蓬勃。

我相信有精神这样一种存在。所以,认为无论新旧体诗,只要描述、记录、存储人类的生活情感,就有人类档案的意义。以诗为证,见证生活、情感、时代和历史,就有了传承人类文明的意义。

我们正处在一个千年未有之大变局中,古人有"以心为史"、诗史"互为表里"的说法,面对 AI 来势汹汹的全面侵袭,"人诗互证""诗史互证"可以保存人类的情感、精神,保存时代的档案,建设民族和国家的精神库,构建人类的情感家园。

前两年我强调"人诗互证",潜意识里有对 AI 写作的担忧,我去年在武汉黄鹤楼诗会发言,说五四以来新旧体诗的分裂对立,现在可以终结了。人类诗歌只有一个对手,就是 AI。我们以后面临回到屈原时代的问题,诗歌将分为署名的人类诗歌和不署名的 AI 创作诗歌。

没想到 AI 写作来得这么快,DeepSeek、豆包、文小言等等蜂拥而上,但想清楚之后,我又不焦虑了,我相信署名的诗歌和不署名的诗歌将共存。

真正的诗歌，一定是人诗互证的，一定是有作者，是突出作者主体性的。其实，以前也有过对作者的怀疑对主体的解构，后现代主义思潮曾经就是这样，试图取消主体取消作者，强调语言修辞本身的自主性，认为人只是一个工具、"诗到语言为止"的妄论妄议甚嚣尘上，背后还有"语言学转向"作为哲学支撑。但时换势移，"情感转向"的思潮，又开始重视个人情感重视主体重视作者，从技术主义再次回归人本主义，"谁在写""谁写的"再次变得重要，AI时代更是凸显了这一问题的重要性。主体性重回人们视野，作者再一次变得特别突出，作者的"情"和"志"再一次被放大，"人诗互证""诗史互证"仍然是诗歌的黄金定律。

鉴于此，我们编选了这一本《当代青年诗词一百人》，隆重推出一百位有血有肉、有情怀有理想的当代青年诗人，因为从他们的诗里，我们看到了"诗缘情""诗言志"，我们也可以辨析出他们的"人诗互证"，我们对他们寄予厚望，愿他们不负时代，不辱人类诗歌使命。

（李少君 《诗刊》社主编）

当代青年诗词：新与旧的多维缠斗与量子纠缠走向（序二）

段　维

在通读《当代青年诗词一百人》（以下简称《青年诗词》）之前，我对当代青年诗词的印象大抵如是：或者拟古，或者开新。读完这本书稿之后，现实的创作状况远比我想象的要复杂得多，通过反复研读，我脑海中对其未来走向也基本有了个比较清晰的图景。所以我把题目定为"新与旧的多维缠斗与量子纠缠走向"。下面就谈谈愚见：

一、新青年诗词的拟古与开新

用传统视角来审视，诗词原本是一种文言写作，但这不等于说一定要用纯正的古文语态来书写。只要是符合文言范式，白话也是可以写诗填词的。再就是历代经典作品基本上押的是旧韵（比如平水韵、词林正韵等），但随着时代发展所带来的新事物的出现以及新语音的嬗变，新韵书也应时应运而生，新韵（比如中华新韵、中华通韵等）逐渐传播；一些新词时语也被诗词作品所吸纳。不过就这部《青年诗词》来看，拟古仍占据强大的基数，开新还处于萌发阶段。

1. 拟古风格

何为拟古？我觉得，传统题材的传统表达应该就算是纯正的拟古了。有些题材本来就没有鲜明的时代性，比如游山玩水、交友待客、扶老携幼等等，千年不变，如果你的笔法还是传统的，最终作品的呈现风格也是传统的，那肯定就是拟古了。不过我觉得，作为初学者，拟古是必不可少的训练环节，就跟书法的临帖差不多。再者，拟古出新是我所倡导的，但只想单纯"守正"的我也很尊重。毕竟文学作品还是多元一些为好。单一的文学生态，总会让人产生审美疲劳。我们先选取拟古风格的几位代表诗人及其作品来观照：

临江仙·黄昏恐惧症

一寸斜阳如梦里，梦时还自惊心。秋光明灭冷于金。有情生恐怖，无事费呻吟。

吟到日归功未建，幽窗蓝已深深。启门犹待远人音。空庭长寂寞，高树正萧森。

这首令词是北大出身的张一南的作品。题目并不像拟古，但"黄昏恐惧症"，其实就相当于古代的美人迟暮。

咏汉魏故城永宁寺塔

华严九劫菩提境，坟冢前朝小聚同。
不见铜人承白露，惟闻石马泣青丛。
千秋月照汉关冷，万里春归魏阙空。

宝铎伶仃鸣永夜，至今焦土起悲风。

这首怀古七律是目前正在中国社科院读研的陈姝棠的作品。她本科和研究生学的都是历史学，故诗中运用了大量典故，借以增加诗意的厚度。

金缕曲

题记：张君来栋，余江城室友也，辗转南下，与余又为羊城友。时南国初寒，约为小聚，颇动北人居粤之恻恻。

暮色临诸粤。但彤云、有情争护，木棉初发。城上西风成何事，暗换簾中裘葛。更谁问、酒唇寒热。只此南楼青不减，似当时、对坐沧江阔。引一榼，消吾渴。

三年饱看鸿飞灭。记灯前、寻盟问字，匆匆都别。欸乃虚舟飘无定，况是舟中人物。算未抵、林禽清越。苦恨声声啼难学，叹夜来、误尽谈天舌。无数事，共花说。

这首长调出自中山大学博士生李昊宸之手，叙写友情，文字典雅而流丽，像极了老作手。

从以上举例来看，三位作者都有知名大学求学的背景，可谓"根红苗正"。这应该在一定程度上影响了他们的创作风格。

不过非"学院派"出身的作者，也有不少作品具有拟古倾向。如杨强的《沅江泛舟》《挑菜》，熊轲的《塞外怀古》《秋游道中歌》，喻英贤的《塞翁吟》《满庭芳·秋夜西郊山房听东山先生吹箫曲〈梅花三弄〉》等等。

这说明，拟古作者在这本诗选中所占的整体份额不小。这对青年人来说，我觉得不是什么问题，他们还很年轻，未来的路还很长，创作风格发生变化的几率也还相当大。

2. 趋向旧韵

旧体诗坛的新旧韵之争由来已久，似乎莫衷一是。其实，这是个"伪命题"，无需争论。一首诗词的好坏跟用旧韵还是用新韵没有必然联系。记得钟振振教授讲过，一首诗词写得好用什么韵都行（用方音亦可），写得不好用什么韵也无济于事。我的看法是，初学者还是用旧韵为好，比较容易对接历代经典之作，待水平提高后，就不必再拘泥于旧韵了，可以根据表达需要来自由选择韵书，避免因某种韵书对韵字的限制而放弃最合适的句意表达。所以，我一直提倡"词韵写诗"，意在扩大韵字的选择范围，甚至从理论上还主张打通各种韵书的桎梏，只要遵循"一首作品使用一本韵书"的原则即可。这样，就写诗来讲，不仅可以选用平水韵、词林正韵，或者中华新韵、中华通韵，还可以选用《中原音韵》《十三辙》等韵书，只要韵书之间不相互串用就行。

回到这部《青年诗词》，似乎占百分之九十五以上的比例都是用的"旧韵"，只有极少作品标注了"新韵"。按照当下通行做法，用什么韵可以不标注，但凭借主编和我自己的语感来判断，对使用旧韵下断语"占百分之九十五以上"应该不是武断。下面选三首标注新韵的代表作示例：

萤火虫（新韵）

随风自在互相寻，撩动黄昏衔草阴。

分取月光一点点，开合总是照人心。

这是罗小娟的七绝，不仅是新韵，意境也有一定的新意。

还乡（新韵）

踏过山阴雪，还家夜已深。

初圆归客梦，又动感时心。

酒尽书怀抱，诗成留月痕。

披襟哀大疫，谁与寄阳春？

这首五律出自吕星宇之手，他标的是新韵，如果按照中华诗词学会曾公布的《宽韵》来衡量，也可视为旧韵，而且意象、意境也是传统的。

泛舟湘湖（新韵）

吴歌堪向水香闻，白鹭流山各有痕。

晴雾放出一角暖，小舟行倚半蒿深。

湖风谁与我同坐，秋令初宜友共寻。

系缆无妨声渐远，犹能省忆此中音。

这首七律出自彭哲之手，虽然用的是新韵，但风格和立意都是非常传统的。

故尔我主张，根据诗词的写作需要，该选用什么韵书就不要犹豫。当然，参加各类诗词赛事，那还得按照主办方的要求来办，但我们写诗主要是为了表情达意，不是为了参赛这个单一目的。总之，写出好作品才是王道！

3. 开新尝试

前面说过，初学写诗恰如书法的临帖，拟古还是必要的，但这不能反过来成为反对"开新"的理由。一个时代有一个时代的表征，也有一个时代的追求。如果始终停留在拟古阶段，我们永远写不过李杜苏辛。所以诗词的时代性不能被抹杀，从"诗史"的角度看更是如此。青年诗人如果要追求卓越，不写出自己的个性是不可能达到的。一味拟古，那么作品的个性何在呢？况且作品的个性里面本就充满"时代性"的映射。下面我们例举几位力图开新求变的诗人作品：

辩论赛

列阵擂台犹弈枰，唇枪力敌始交兵。

答时代问襟怀广，扬价值观逻辑明。

竞赛虽须分得失，人生未可定输赢。

世间多少浊清事，正反如何一字评。

这首七律是沈习进的作品，辩论赛自然算是新题材，颔联"答时代问襟怀广，扬价值观逻辑明"不仅运用了新词时语，且句读还是"一三三"格式，特点明显。

咖啡馆

银匙泮涣想轻沤，卡座醇烟暂可收。

午梦阑时诸馆静，晴云截处小窗幽。

且研异国相思物，去兑少年春水愁。

未必浮冰能解涩，方糖淡奶故相投。

王瑞的这首七律写的是比较新的咖啡馆题材，诗中嵌入了"卡座""方糖""淡奶"等新词，颈联"且研异国相思物，去兑少年春水愁"则是一种新旧融合的表达。

鹧鸪天·新阅读

手捧终端电子书,翻篇停页尽随吾。触屏速写挥毫墨,按键轻敲码字符。

无数卷,一盘储,液晶平滑纸犹粗。光纤网络呼神器,云上书香不可辜。

"新阅读"自然是新事物新题材。吴健的这首小令直接使用了"电子书""翻篇""停页""触屏""按键""码字符""一盘""液晶""光纤""网络""云上"等大量新词汇,但并不影响诗意的表达,也就是说读来仍然诗味浓郁。

因此,我们大可不必拒绝"开新"之举。白居易提倡"文章合为时而著,歌诗合为事而作"对我们今天仍然具有指导意义。假若李白、杜甫不去叙写唐代(也就是那时的"当代")事物,而沉迷于叙写先秦、两汉的事物,那还会产生我们一直以来尊崇的诗仙和诗圣吗?

二、新旧题材的反向表达

在拟古与开新过程中,有一些特殊的现象不得不引起我们的注意。那就是诗人们的脚步经常在新旧之间徘徊。如果把旧题材旧表达视为"拟古"、新题材新表达视为"开新",那么就还有大量的"灰色地带"。

1. 新题材的旧表达

眼下新题材琳琅满目,如何将新题材写出古雅的韵味,这是部分诗人在思考并实验着的领地。兹举几例：

北京植物园内北纬四十度地理标志雕塑

> 无形有度究何物，机杼横抽一线虚。
> 四十明标心不惑，东西正位数非馀。
> 分香杂雪温为带，过岭穿园蕙作裙。
> 锐角岂知身未稳，敧斜万类共坤舆。

这首由王悦笛创作的七律无疑写的是新事物，其遣词造句温文尔雅，端正醇厚。

扬州慢·导航

题记：导航提示："虽然前方拥堵，但您仍在最优路线上。"

柔语宽怀，蓝图画梦，行来跌宕江湖。向前方寒塞，算底处荣枯。嘱慢驶、天涯不远，乡音暄暖，聊慰虚无。共年光、霓影深街，看碧成朱。

武陵事杳，纵回身、改道何殊。望十里红尘，如吾千百，莫计赢输。岂效步兵叹唱，随推衍、风雨修途。想停车俄瞬，花开一似当初。

李娜的这首长调，显然也是书写新事物的。但用词极尽雅致，意象也非常传统。如果我们蒙去题目，写的是什么可能得猜度半天；但看了题目，也觉得描写颇为形象而恰切。

此外，有些题材看似是旧的，但因从来无人涉足，故仍可以视作新事物。比如黄伟伟的三首联章体《金缕曲》分别以《胎动》《孕中有怀》《昨夜小子以拳击我》连续记录了怀孕不同阶段的状态及心理感受，遣词独特、笔法细腻，让人如睹母亲伟大之源泉。其语言风格亦别致温厚，雅韵回旋。

2. 旧题材的新表达

将旧题材写出新意，自然也是"开新"的一种途径。某种程度上讲，旧题材的开新要比新题材的出新难得多。因为新题材本来就带有新质，而旧题材要赋予新质还得"无中生有"。《青年诗词》中有不少这样的开拓者。

赋 诗

安身凡海作缄邻，偶赋诗文始近神。
削句势如尖刃出，一言沾血重千钧。

古代写赋诗感受的作品很多，但像李衔夏写出"削句势如尖刃出，一言沾血重千钧"这样句子的还真没有，字里行间透出一股利落的狠劲。

西江月·打水漂

芦荻放开秋色，石头吻上清波。只因一度醉烟萝，不肯匆匆别过。
更有鸟鸣痴梦，还和风进旋涡。水花深处正飞梭，原是青春唤我。

打水漂是儿童惯见的旧事，邢建建却能写出"水花深处正飞梭，原是青春唤我"这样的意境，完全跳出了儿童自娱的窠臼。

花犯·樱花

管弦声，行人搁浅，身躯溺街巷。梦中游漾，如电影光圈，决定成像。故怜坠粉随春涨。嫣然谁见访。再省识、绿衣容鬓，东风追过往。

慵眠嬗娇记深盟。飘摇未稳睡，何堪凝望。花面好，词笺种，香泥之上。来年后、墨痕印暖，太阳下，千枝生幻想。是旧我，蝶裙新刺，晨歌听又响。

樱花也是常见的题材，伍思鹏运用现代思维写出了"梦中游漾，如电影光圈，决定成像""花面好，词笺种，香泥之上"这样的超现实主义风格的句子，令人惊艳。

三、新青年诗词的立意与格局

在诗词立意方面，近些年来不乏"大我"与"小我"之争，似乎大我应该彻底碾压小我。我则不这么看。《诗经》本就有"大雅"与"小雅"之分，也未见古人硬将其分出一个高下优劣。进一步说，"大我"写好了，当然能成为像杜甫一样具有家国情怀的诗圣，但写不好就会成为喊口号、堆概念的"老干体"；相反，"小我"写好了也能像李商隐、李清照那样光彩照人。随着DeepSeek等AI软件的横空出世，诗人的存在感受到了极大挑战。有人甚至质疑诗人存在的必要性了。新旧诗兼修的著名诗人李少君基于"人诗互证"的主张指出："AI时代写好你的个人史"，即"作为一个诗人，写好个人史就可。里面会保存和记录情感、生活、时代乃至精神。人诗互证是诗歌的本质"。从一定意义上讲，"个人史"也算是"小我"，但"小我"之中未必就没有"大我"元素，何况，从"小我"入手更容易深入骨髓，更能够抵达灵魂。

1. 个人情调的咏叹

个人情调往往更真实，比之那些虚假的情感更容易引起人们的共情。试看两例：

那时我们还年少

青涩流年笔下经，斜阳窗畔透春樱。

拼音缩写遍书册，都是前排少女名。

大男孩曾雨冬用他那细腻的笔触写出了无数男生的"那点心思"——"拼音缩写遍书册，都是前排少女名"，真实得就像儿时入口细嚼的水果糖。

浣溪沙·徒步

闻道天然是小营，半山烟雨半山晴。新禾滴翠柳娉婷。

飞鹭闲鸥皆放逸，波光云影尽空灵。青蛙跳上小浮萍。

徐雪晴则是一位女孩，这是我有意选取的，意在考察男女心思之差别。这首小令表面上写的是徒步，其实写出了女孩的复杂心境：惬意与彷徨。"飞鹭闲鸥皆放逸，波光云影尽空灵"，写的是快意与闲散的心境；"青蛙跳上小浮萍"则含蓄地写出了少女的憧憬与忧虑，就像浮萍忧虑是否承受得了往上跳的青蛙一般。心思是何等的细密！

2. 家国情怀的抒发

家国情怀从来不是空喊口号，它既可以是《诗经》那般的"颂"，也可以如孔子解读《诗经》时提出类似的"怨"，关键是看其出发点是不是像杜甫那样"致君尧舜上，再使风俗淳"。我们也举两例：

即目示儿

通衢车马乱纵横，落日苍茫括大城。

莫倚高楼笑棚户，高低一一是苍生。

刘斌的这首七言绝句就是从"怨"的视角写出了"莫倚高楼笑棚户，高低一一是苍生"，这种对底层百姓的体恤和悲悯，读来令人动容。

水调歌头·见黄陵古柏有怀

守护黄陵外，万里接沧溟。桥山西走如脊，烟水幻龙形。擎臂青天在抱，屹立风霜不倒，日月共长宁。节序相更替，古柏四时青。

百年路，千年志，此时情。春旗漫卷，春雨过后势重兴。把爱兼施天外，将梦启航入海，颜色更分明。红是华人血，黄是子孙名。

李如意的这首长调无疑是从"颂"的角度（非直接的庙堂之颂），借古柏来表达炎黄子孙的爱国之情，尾结"红是华人血，黄是子孙名"，真如大吕黄钟，撼人心魄！

还需补充几句：诗坛一度流行的白话或口语入诗，在《青年诗词》中并不多见，我留意到的有李文骐的《生查子·封寝读书走神》，沈习进的《水调歌头·毕业归乡途中赠师》，曾入龙的《浣溪沙·夜归》和《清平乐·同桌的你》。另外，直接叙写时政题材的诗词则更少，好像只有沈习进的《见祖父在党五十年勋章并听其军旅史有感》："长向阑干忆旧踪，少年今已白头翁。骨埋松柏群峰碧，血写河山一抹红。素愿堪追云与月，丹心欲化铁和铜。金勋熠熠如朝日，暖到千家万户中。"全诗基本没有口号化、概念化倾向，用语形象，诗意盎然，值得提倡。

还有就是当下的七言绝句流行走"趣味路线"（在具有深刻立意和深远寄托的前提下，是完全可以追求趣味的，但一些诗人不顾思想性而一味地投机取巧就走向了反面），本诗集中并不明显，这也许与主编故意回避的选择倾向有关。我发现只有两首七绝走的算是这种路径，一是罗小娟的七绝《赠Ta》，二是王十二的《客至》，但都还算不上是刻意弄巧。

最后，大家可能会关心：青年诗词的新旧缠斗会有一个什么样的结果，或者说是一种什么样的走向？在回答这个不太好回答的问题时，我想到了"量子纠缠"现象。量子纠缠现象可以描述为：当多个微观粒子共同作用后，它们的性质会融合为一个整体，以至于无法单独描述每个粒子的性质，而只能描述整个系统的性质。这种现象，被形象地称为"量子纠缠"。我在想，当代青年诗词，无论是拟古还是开新，也无论是新事物的旧表达还是旧事物的新表达，抑或是新事物的新表达，都是一种新旧撞击与融合的过程，最终某一首作品很难被定性为是新还是旧，而是呈现一种"旧中有新、新中有旧"的新物态。这不就很像是量子纠缠的结果吗，当然也是我们常讲的"守正开新"的目标诉求。

以上絮语，感觉不怎么像"序"之类的文字。但我想，只要表达了我想表达的，是个什么文体又有什么关系呢。希望拙见能对青年诗人们有所启发或补益，也就不枉费我连续几个日夜的身心消耗了。

（段　维　华中师范大学教授、湖北省中华诗词学会会长）

目录
CONTENTS

AI时代，谁在写？（序一）　　*001*

当代青年诗词：
　　新与旧的多维缠斗与量子纠缠走向（序二）　　*009*

王悦笛　　*002*
　张一南　　*004*
　　忏红斋　　*006*
　　　陈巨飞　　*008*
　　　　陈姝棠　　*010*

刘子轩　　*012*
　张紫薇　　*014*
　　李文骐　　*016*
　　　罗小娟　　*018*
　　　　李如意　　*020*

吕星宇　　022
　郑晴心　　024
　　刘　博　　026
　　　吕　品　　028
　　　　石任之　　030

高语含　　032
　陈永峰　　034
　　杨　强　　036
　　　马　骁　　038
　　　　李昊宸　　040

王一舸　　042
　沈习进　　044
　　殷　鑫　　046
　　　龙　健　　048
　　　　张小红　　050

王十二　　052
　何智勇　　054
　　孙　才　　056
　　　闫赵玉　　058
　　　　郑泽帅　　060

吴日夏　　　062
　　刘中红　　　064
　　　　朱思丞　　　066
　　　　　　李衔夏　　　068
　　　　　　　　孙　伟　　　070

潘文貌　　　072
　　熊　轲　　　074
　　　　曾入龙　　　076
　　　　　　唐颢宇　　　078
　　　　　　　　刘　斌　　　080

潘一丹　　　082
　　王　瑞　　　084
　　　　方　强　　　086
　　　　　　王敏瑜　　　088
　　　　　　　　黄伟伟　　　090

张太玄　　　092
　　李　明　　　094
　　　　唐本靖　　　096
　　　　　　郝佳鹏　　　098
　　　　　　　　万志强　　　100

吴佳佳　　　102
　　陈贺达　　　104
　　　　卫一帆　　　106
　　　　　　蔡敏敏　　　108
　　　　　　　　张惠琴　　　110

张学佳　　　112
　　徐雪晴　　　114
　　　　吴　健　　　116
　　　　　　彭　哲　　　118
　　　　　　　　周改红　　　120

兰　静　　　122
　　卢　星　　　124
　　　　张思桥　　　126
　　　　　　陈　颖　　　128
　　　　　　　　曹钰莹　　　130

陈怿楷　　　132
　　甄艳芳　　　134
　　　　伍思鹏　　　136
　　　　　　阚志威　　　138
　　　　　　　　高　远　　　140

王黎娜　　*142*
　蒲照灵　　*144*
　　魏暑临　　*146*
　　　李盼德　　*148*
　　　　秦行国　　*150*

孙彦学　　*152*
　李　娜　　*154*
　　吕丹丹　　*156*
　　　吴佳骏　　*158*
　　　　曾雨冬　　*160*

张吉超　　*162*
　刘净微　　*164*
　　许禹睿　　*166*
　　　夏良齐　　*168*
　　　陈　晔　　*170*

庞卓镔　　*172*
　蒋　润　　*174*
　　程　悦　　*176*
　　　夏虞南　　*178*
　　　　蒙显鹏　　*180*

罗明卢　　　*182*
　　卢清辉　　　*184*
　　　　章文成　　　*186*
　　　　　　刘一瑭　　　*188*
　　　　　　　　李辛楣　　　*190*

钟起炎　　　*192*
　　喻英贤　　　*194*
　　　　钟　波　　　*196*
　　　　　　李伟亮　　　*198*
　　　　　　　　邢建建　　　*200*

后　记　　　*202*

当代青年诗词一百人

王悦笛
张一南
忏红斋
陈巨飞
陈姝棠
刘子轩
张紫薇
李文骐
罗小娟
李如意
吕星宇
郑晴心
刘博
吕品
石任之
高语含
陈永峰
杨强
马骁
李昊宸
王一舸
沈习进
殷鑫
龙健
张小红
王十二
何智勇
孙才
闫赵玉
郑泽帅
吴日夏
刘中红
朱思丞
李衔夏
孙伟
潘文貌
熊轲
曾入龙
唐颢宇
刘斌
潘一丹
王瑞
方强
王敏瑜
黄伟伟
张太玄
李明
唐本靖
郝佳鹏
万志强

吴佳佳
陈贺达
卫一帆
蔡敏敏
张惠琴
张学佳
徐雪晴
吴健
彭哲
周改红
兰静
卢星
张思桥
陈颖
曹钰莹
陈怿楷
甄艳芳
伍思鹏
阚志威
高远
王黎娜
蒲照灵
魏暑临
李盼德
秦行国
孙彦学
李娜
吕丹丹
吴佳骏
曾雨冬
张吉超
刘净微
许禹睿
夏良齐
陈晔
庞卓镁
蒋润
程悦
夏虞南
蒙显鹏
罗明卢
卢清辉
章文成
刘一瑭
李辛楣
钟起炎
喻英贤
钟波
李伟亮
邢建建

王悦笛

王悦笛,男。中国社会科学院文学博士,现为中国国家版本馆馆员。曾获河北卫视《中华好诗词》第一季亚军、"诗词王中王"特别季冠军,央视《中国地名大会》第一季单场冠军,《诗刊》2023年度陈子昂诗歌奖年度青年诗词奖。曾担任全球短诗大赛、全国大学生樱花诗歌邀请赛等诗赛评委。出版有学术专著《唐宋诗歌与园林植物审美》,诗集《春归集》。

/ **我的诗词观** / 陈中见新,生中得熟,方全其美。

北京植物园内北纬四十度地理标志雕塑

无形有度究何物，机杼横抽一线虚。
四十明标心不惑，东西正位数非馀。
分香杂雪温为带，过岭穿园蕙作裾。
锐角岂知身未稳，敧斜万类共坤舆。

永遇乐·父亲自行车后座风光

二八钢轮，凤凰牌面，开路铃脆。左带长街，右抛门店，前是春衫背。槐阴母校，楠区故宅，复线几回联缀。渐丰盈、座栏撑损，行程忆中芜废。

灯头红绿，树边行止，能说老城经纬。往事疏源，川流默片，人在时之尾。琴台经罢，永陵风杳，梦断浣花溪水。凭谁数、沿途当日，石狮几对。

关于漏水的艺术成分

水管坏欲空，万法宁无漏。听似肖邦弹，雨滴鸣前奏。初视泪几点，后汇而为龙。一条屋漏痕，蜿蜒行中锋。庸手不可到，顿挫鲁公笔。墙粉随剥落，水洇白雪密。水粉涂地开，深浅山高下。孰云老破小，吾得琴书画。

张一南

张一南,女,甲子年生于北京。本科、博士就读于北京大学中文系,曾任学生社团"北社"内部刊物《北社》主编。先后供职于中国社会科学院文学研究所、北京大学中文系、中国国家图书馆展览部。从事中国古代文学研究,承担《诗词格律与写作》《大众文化与国风写作》等课程。

/ **我的诗词观** /　　文章千古事,得失寸心知。

临江仙·黄昏恐惧症

一寸斜阳如梦里,梦时还自惊心。秋光明灭冷于金。有情生恐怖,无事费呻吟。

吟到日归功未建,幽窗蓝已深深。启门犹待远人音。空庭长寂寞,高树正萧森。

注:首句用近人成句。

南柯子·甲辰八月独寝

短梦残于月,新寒淡似愁。笑吟一雁过南楼。未见楼前夜夜水光浮。

到晓应黄叶,从今任白头。嗟余听鼓抱衾裯。却是书灯不敌半床秋。

水龙吟·咏重启吴邪用东坡杨花韵

闲情大似杨花,潇潇漫向浮生坠。天涯偶迹,枕边半梦,笔端片思。沧海龙归,武陵村远,万山齐闭。渐行年不惑,动爻近劫,独立久,风雷起。

回首故园空锁,任他年,月明堪缀。黄泉数访,古魂知我,还成冰碎。精爽千秋,终须付与,忘川之水。且雷音寄魄,瑶台敛骨,玉壶承泪。

忏红斋

忏红斋，本名赵梁爱子，2002年生，高中起留学英伦，负笈剑桥圣玛丽中学及伦敦大学亚非学院，习哲学和语言文化。性疏狂而任侠气，游山水亦乐繁华，既慕西洋天学，又属中土仙家，立志用诗词书写女性主义和域外人文，有作品在《诗刊》发表，被收入《当代诗词十二家》。

/ 我的诗词观 /

当聊斋的狐火点燃荷马史诗，枯砚里便会涌出万国语境的银河；把青铜器纹路缝合进中世纪羊皮卷，让楚辞的幽兰在但丁笔下的天堂绽放。

定风波·藤萝

梦觉藤萝月映花,宵来芦荻作吹笳。赤豹文狸来眼下,闲暇,写成丛桂挂山崖。

若道归途能照影,管领,比肩秋水过生涯。时而堆积天霜色,谁识,女墙高处那人家。

沉 香

瘗玉南溟廿载霜,冰纹九曲篆沧桑。
炉开蜃气迷星斗,篆结蛟涎隐月光。
佛火初销莲座冷,宫砂欲褪縠衣凉。
寒灰犹带春云色,散作旃檀渡海香。

蒂凡尼的早餐

水碧珠光粲,照人苎衣寒。近之如坠梦,不闻车马喧。珠光若阳光,爱抚胜温泉。能驱三冬恶,兼许半生欢。渐忘指尖冷,咖啡冻生烟。浮粉和霜雪,一一落朱颜。茶花被风吹,坠自双鬓间。颇黎氲苦雾,玉亦隔云端。伊人忽梦破,双眼泛微酸。犹贪春梦好,珠翠以为餐。醒来无一物,凄怆摧心肝。

陈巨飞

陈巨飞，1982年生于安徽，现居北京。中国作家协会会员，北京十月文学院副院长。小说、新诗和旧体诗词作品发表于《人民文学》《诗刊》《中华辞赋》《中国作家》《北京文学》《小说月报》等，著有诗集《清风起》《湖水》和英译诗集《夜游》。曾任皋陶诗词学会负责人，曾获安徽文学奖、十月诗歌奖、李季诗歌奖、川观文学奖等奖项。

/ **我的诗词观** /　　诗凭真性真情厚，句仗新辞新意浓。

复至天堂寨

飞亭暂驻路犹深，旧日行踪不可寻。
倦鸟呼云来论道，闲潭抱月去听琴。
倾收夜色还倾舞，独占秋风又独吟。
沽取农家三盏酒，无人会意泪沾襟。

临江仙·天堂寨

野径何人修栈道，今来偷问苍松。拨开浓雾展姿容，冷泉翻作瀑，云影接蛟龙。

我辈登临清暑殿，山莺惊起晨钟。如今览兴几重重？人踪无觅处，回首看青峰。

青玉案·立秋

鲀鲈美味江淮上。桂露酒，秋风酿。纵使豪情凌叠嶂。路遥滩险，跂而东望。滚滚淘沙浪。

将身买醉芙蓉舫。稼穑诗书两相忘。欲问浮云飞所向？子规啼过，箭心难挡。且把离歌唱。

陈姝棠

陈姝棠，本名陈宸，2002年生于北京，中国社会科学院大学在读研究生，中华诗词学会会员，曾在兰雪杯、聂绀弩杯、荣昶文治杯、乌马河杯、樱花诗赛、爱江山杯、青衿杯等比赛获奖。诗文散见于《诗刊》《中华诗词》《中华辞赋》《心潮诗词》《当代诗词》《青年文学》《散文百家》等。

/ 我的诗词观 /

别裁伪体亲风雅，不薄今人爱古人，清词丽句必为邻。

咏汉魏故城永宁寺塔

华严九劫菩提境,坟冢前朝小聚同。
不见铜人承白露,惟闻石马泣青丛。
千秋月照汉关冷,万里春归魏阙空。
宝铎伶仃鸣永夜,至今焦土起悲风。

鹧鸪天

霜冷江川古渡头,断鸿日暮上高楼。烟霞本是无关我,风月原来不管愁。

山未老,水长流。多情怪自泛孤舟。一声欸乃人归后,知是新凉早近秋。

注:夜读《道德经》"天地不仁,以万物为刍狗",因以为作。

高阳台·雁门关有怀

塞外寒云,天涯落日,雁门关路凄凉。万古春秋,风云赵武灵王。太原公子貂裘至,问何时、重整戎裳。最堪惊,铁马嘶风,玉剑横霜。

当年此地曾经过,睹昭君红帐,卫霍苍骧。戍九城边,空馀故垒斜阳。西风吹老关山月,夜渺茫、谁与思量。数风流,马上功名,身后文章。

刘子轩

刘子轩,号退藏楼,1996年生,河北徐水人,现旅食北京。入选《中华诗词》第十八届青春诗会并获"雏凤奖",作品散刊于《中华诗词》《中华辞赋》《诗刊》等。

/ 我的诗词观 /

一求律严,二求格高,三求调响,脱古人之窠臼,唱时代之新声。

访法源寺遇雨

欲避喧嚣到碧苔。伽蓝逢雨寺门开。
听经石兽观花落,问法沙弥受戒回。
鸣鸟似争尘外事,残碑浑忘业中灾。
狸奴惊客还慵睡,归去方知我未来。

浣溪沙·村行

雨过城南绿满郊。人家种豆补蔬苗。有喧嚣处两三桥。
闲共儿童穿古巷,偶逢村戏演前朝。一声悲绝破层霄。

行香子·廿七初度

去岁淹沦,前岁逡巡。更今年、惹尽京尘。十年辛苦,换此游身。剩杯中物,怀中事,眼中人。

归来草草,是夜昏昏。酒醒时、具不堪陈。几番世味,老我天真。看倾如山,翻如海,覆如云。

张紫薇

张紫薇，生于1993年，斋号纳云堂，工学博士后。中国文艺志愿者协会会员，中华诗词学会会员，北京书法家协会会员，中国电力作家协会会员，中国电力书法家协会会员。先后受业于梁学爱、阎梓昭、姜秀真、吴震启诸师。著有个人诗集《纳云堂诗稿》，获《诗刊》2023年度陈子昂诗歌奖年度青年诗词奖。作品发表于《光明日报》《文艺报》《诗刊》《中国书法》《中华书画家》《中华辞赋》等刊物。

/ 我的诗词观 /　　疏淡可存真，心清即绝尘。天公不必赏，自是一仙神。

夏日细雨

无人户自开,细雨洗尘埃。
若问谁牵线?清风忽去来。

中石路遇雨

夏午黄鹂梦正香,微风疏雨落诗行。
深深浅浅层层叠,叶上余音叶底藏。

注:中石路位于作者学校中国石油大学(北京)南北校区之间。

写给祖母(古风)

祖母手中扇,团团似月圆。
清凉为我送,伊却不成眠。
今忆旧时事,纷飞化纸鸢。
笑颜竟浅淡,相别已十年。

李文骐

李文骐，2002年生，山东潍坊人，毕业于吉林大学中文系。入选《中华诗词》第十九届青春诗会并获"雏凤奖"，获西交大樱花杯、上交大短诗大赛、聂绀弩杯等赛事奖项，作品见于《诗刊》《中华诗词》《中华辞赋》等。

/ **我的诗词观** /　　远离青史与良辰。公元年月日，我是某行人。

生查子·封寝读书走神

独坐邻疏窗,窗外花如火。火也不惜春,春被高楼锁。
书卷页页翻,心事层层裹。寻遍《牡丹亭》,没有你和我。

蝶恋花·重南行

题记:赠给我最爱的武汉大学,于长春至武汉高铁上作。

万事重来都不是。剩有沿途,风物当年似。北地盼春春未始,南行渐次红含紫。

塞北江南凭一纸。我固无能,写不成情史。无奈年年樱已死,坐愁疏影看杏子。

注:武大有樱花节,吉大有杏花节,"杏"字出律。

贺新郎·突然的毕业及之后许多年(新韵)

题记:五月二日晚十一点半,学校紧急通知学生离校,毕业生皆唏嘘叹惋,令人动容。

此夜将阑矣。恍结局、演完这场,青春游戏。明日挥别浮人海,飘荡萍踪雁迹。还未说、许多私密。或许某天将淡忘,只镜头、恒定于回忆。翻相册,偶然记。

匆匆聚散浮生你。算而今、红笺色褪,容颜深蔽。说尽当时无言句,莫使天涯两地。更解我、夜分掩泣。泣到月光重潋滟,借梦来、往事千般历。纵梦也,难重觅。

罗小娟

罗小娟,笔名梦思,女,1986年出生。中国作家协会会员,清远市作家协会副主席兼秘书长,《飞霞》杂志编辑。入选《中华诗词》第十九届青春诗会并获"雏凤奖"、2020年《诗刊》社青年诗词榜第二名。小说发表于《佛山文艺》《小说林》等,诗词发表于《诗刊》《人民日报》等,出版有《梦思集》《蘸桃花》。

/ 我的诗词观 /

用心感受生活,从普通的生活场景中捕捉诗意、发现诗意、定格瞬间,写出有温度、有烟火气的作品。

赠 Ta

许是前生缘已定,豆苗早已种君家。
时常一个不留意,便有相思冒出芽。

萤火虫(新韵)

随风自在互相寻,撩动黄昏衔草阴。
分取月光一点点,开合总是照人心。

洪水河大峡谷

寒风白雪往来频,满眼山川色已匀。
捡个石头藏一梦,时光磨掉梦还新。

李如意

李如意，湖北恩施人，诗词爱好者，浙江某民营企业总经理。入选《中华诗词》第十九届青春诗会并获"雏凤奖"、浙江省诗词与楹联学会第四届青春诗会一等奖、泸州第七届国际诗酒文化节金麒麟奖、首届黄陵杯全国诗词大奖赛一等奖、首届美景杯全国诗词大奖赛一等奖、第七届寰球华人深圳杯诗词大赛词部一等奖等奖项300余次。

/ **我的诗词观** /

读万卷书、行万里路，诗歌除了无病呻吟，还应去到人民群众中去，把生活写进诗里，切合时代元素。

登滕王阁

秋雨秋风着意涂,滕王阁上俯洪都。
江如一线分南北,云似千军入楚吴。
远道西山枫述作,高楼南浦水临摹。
横天雁阵初经过,万暮垂来夜滚朱。

溧阳行

知己邀来只二三,便携榴火下江南。
云天在水山擎白,草树生风车补蓝。
也羡读书台共醉,可期射鸭处闲谈。
别时赠我黄金叶,未饮初闻已半酣。

水调歌头·见黄陵古柏有怀

守护黄陵外,万里接沧溟。桥山西走如脊,烟水幻龙形。擎臂青天在抱,屹立风霜不倒,日月共长宁。节序相更替,古柏四时青。

百年路,千年志,此时情。春旗漫卷,春雨过后势重兴。把爱兼施天外,将梦启航入海,颜色更分明。红是华人血,黄是子孙名。

吕星宇

吕星宇，1999年生，河北保定人，诗词爱好者。入选《中华诗词》第十八届青春诗会并获"雏凤奖"，2024年获《中华诗词》第四届"刘征青年诗人奖"，作品散见于《诗刊》《中华诗词》《中华辞赋》等刊物。

/ 我的诗词观 /　　循古律而和今声，学古法而作今词。

还乡(新韵)

踏过山阴雪,还家夜已深。
初圆归客梦,又动感时心。
酒尽书怀抱,诗成留月痕。
披襟哀大疫,谁与寄阳春?

卜算子·雪后登山

踏雪陟南山,野径人行少。何许风吹摩耳云,世界成飘渺。
足迹看来时,零落如鸿爪。回望孤村银海边,更觉人间小。

临江仙·梦忆少年事

几片闲云飞过,也来指点江山。牛皮吹起要登天。少年无险阻,皆作笑谈看。

犬吠忽然惊寤,依稀明月窗前。青春真个惹人怜。黄粱一枕梦,清泪忆清欢。

郑晴心

郑晴心，1993年生，广东揭阳人。别署倾雪斋。诗词作品见载于《诗刊》《中华辞赋》《当代诗词》《诗词报》《粤雅》等。中山大学岭南诗词研习社第八任社长。先后负笈于中山大学、清华大学。

/ **我的诗词观** /

因懵懂性灵踏上古典诗词寻真之路，得见高山幽谷与天地氤氲往来。我相信纵使人工智能时代易揽云梯风光，或未及诗心素履可贵。

归乡遇雪

暂占车厢拥小年。夜行刚唤雪明天。
依稀冬野分坡顶，积渐春心破梦毡。
已许江梅飘又落，何期海气扫同前。
南风吹醒行人面，一列寒窗星欲燃。

甲辰春暮青齵来京余陪游清华园话甲午腊月初弦相晤康乐园事

园林四月漫青深，咏絮难为效鼻吟。
异眼观春欣合契，十年应迹慰长心。
无愁云鬓望中梦，绝爱玉兰花后簪。
皎皎经行如昨日，珠灯各看晓昏侵。

齐天乐·咏清华西院观堂故居门前断砖效王静庵用姜白石原韵

月凉风霁平房路，鸣蛩为传高语。逸响苔阶，齐踪蠹壁，洵脱尘埃幽处。疏灯暗诉。渐咫尺光明，万家机杼。叶影西窗，回头蓦见旧端绪。

经年寒柳隔雨。更烟消火续，淹留砧杵。一树辞朱，虚心坠碧，贯彻人间才数。新阴漫与。叹履道危微，学堂儿女。吟倚青门，半生瓜任苦。

刘博

刘博,字约之。1998年生。毕业于河北农业大学。中华诗词学会青年诗词工作委员会委员。曾获《中华诗词》第三届"刘征青年诗人奖"、第十一届中华大学生研究生诗词大赛大学生词组冠军、第四届全球华语大学生短诗大赛旧体诗一等奖等奖项。

/ 我的诗词观 /　　诗以真情最动人。

春日绝句

曾向冰天跃马行,如今野步重春晴。
少年心或归于淡,爱此花开不问名。

过保定西站

江湖与我隔征尘,客路喧喧倍觉真。
暗想远行多落拓,偏偏羡着远行人。

高阳台·童年

潦水瑶池,泥巴宝殿,自封转世真龙。篱外谁呼,晨光巧笑顽童。何如午后前溪去,有二三、玩伴相从。最开怀、小小游鱼,款款轻风。

疏星乍上难寻又,似划空语燕,坠地成峰。倏尔多年,回眸总是青葱。那天歌哨归来晚,日西斜、一抹残红。看炊烟、生在邻家,唤女声中。

吕品

吕品，1989年生，曾用名吕世勇，四川省中江县人，现居成都。《星星·诗词》编辑、《四川诗人》编辑。2018年起在《诗刊》《诗潮》《星星·诗歌原创》《草堂》《当代诗词》《中华辞赋》等各级报刊发表新诗、旧体诗。

/ 我的诗词观 /   诗歌是个人内在与世界外在的联系。

骑　行

春水来相顾，柳丝牵不住。
人如一箭轻，射向桃花渡。

访　荷

一重碧是一重门，红烛深闺燃断魂。
最喜含羞新雨后，恰如初嫁带啼痕。

年节里

旧迹犹能辨，空怜世已殊。
去年都月好，今日各云孤。
忽见群童大，惊闻众老无。
生如原上草，天意不私吾。

石任之

石任之，扬州大学教师，师从叶嘉莹先生。著有《予生未央集》《扬州的鳞爪》《杜甫》等，获《诗刊》2022年度陈子昂诗歌奖年度青年诗词奖等。

/ **我的诗词观** /　　纸上呻吟是当时哀乐。诗词是感知自我最真实的幻梦。

柳摇金

题记：路遇卖花翁，担上系有二维码

挑花翁又到城市。请扫码、初香不贵。春脚街头能偶会。料东风、疾趋速驶。

担春担子哪担愁。数四愁、皆卿自致。欲办宁多休有悔。怕句芒、再飞双履。

卜算子·发现一根白头发

梦是拟人花，人是生花客。黑夜沉沉剪作瞳，来做终年宅。为甚眼圈乌，倒叫青丝白。仔细丁宁一万回，秃也君休摘。

注：拟人花是《幽游白书》里飞影送给躯的生日礼物，寄生植物科，可以和寄生肉体完全融合，如果宿主受伤，它会本能为其治疗，不会破坏宿主大脑，据说宿主可因此一辈子这样活下去，任何伤都会自动治愈。

清平乐

余生回顾。恻恻深深坞。呵护桃枝三四五。此后再无归去。

群芳南陌辞邻。明朝花叶成鳞。纵爱鱼龙招饮，唯他背负残春。

高语含

高语含，字唯止，号忘川散人，别署非道居、六经无字斋，1997年生。海德堡大学哲学系硕士，图宾根大学哲学系博士生，治欧陆、道家哲学，著有《老子疏义》《虚舟泛海录》等，译有库萨的尼古拉《窥道路向》等，公众号"重玄之城"主理人。承社、唐社、铭社、观社社员。诗文散见各平台刊物。

/ 我的诗词观 /

至情熙乎幽赜，大味兆乎澹漠，
以萧疏澹宕为心，取幽寒孤峭为径。

闲

疏疏几杉下，寂寂一房清。
遇酒勤挥麈，寻山懒问名。
岸明花皱水，春净月溶城。
梦醒半难记，曙窗微雨声。

春湖漫兴

快雨收寒鹭自高。春慵无计敌春醪。
才看隔浦生微绿，便问渔师借一篙。
夕影波间流净界，远峰烟外没秋毫。
狂来漫赋新题遍，冷坐翛然欲和陶。

乐春吟

花发一山中，山绕一水滨。水流一屋下，有客拾花频。溪山谁管领？归来是青神。茅屋谁管领？高卧是散人。散人乐在心，溪山香满身。大小虽殊致，同寓无边春。春去尚堪乐，况此香正匀。日日樽前倒，欹侧逍遥巾。匪我慵酬酢，山中静无邻。匪我慵扫洒，屋下净无尘。春风为我僮，春光为我宾。我眠卿不去，环榻犹相亲。睡乡日月长，酒国朝昏泯。千春难一觉，觉来还欠伸。出无舟与舆，有闲不谓辛。居惟裘与褐，有景不谓贫。优哉春水清，可以洗我嗔。寥哉春山空，可以容我真。

陈永峰

陈永峰，笔名陇上雁，1988年生，甘肃泾川人，供职于兵团日报社。诗文散见《诗刊》《中华诗词》《中华辞赋》《朔方》《星星》《草堂》等报刊，入编《陕西诗林撷秀》《兵团颂》《〈朔方〉诗词选》等选集。系陕西省秦风诗词学会副秘书长兼《秦风》责编，《青年诗词》编委会副主任，中华诗词学会会员、新疆诗词学会会员、陕西省诗词学会会员、兵团诗词楹联家协会会员。

/ 我的诗词观 /　　淡看浮华，素写人间百态。

二月出关

杨柳村头隐绿烟,爹娘垄上始抄田。
家山尚是冬模样,我领春风已出关。

用安琪酵母发面拾句

温热他山矿泉水,轻将酵母化无痕。
和匀新夏高筋面,一任乡心胀满盆。

子时过长兴街(通韵)

介事年来愈苦辛,又缘润改夜回身。
冷街灯火明夺昼,怜照夕归晚点人。

杨强

杨强,号雪窗,湖北襄阳人,自媒体工作者。浙江卫视《向上吧,诗词》总冠军,曾获《诗刊》2020年度陈子昂诗歌奖年度青年诗词奖。

/ **我的诗词观** /

主张"守正开新",在继承传统的基础上,追求融入时代气息和反映现实内容,并能有所创新和发展。但创新之前提必须要能厚汲古人,有扎实而深厚的水平和基础方可。

沅江泛舟

积翠元无界，澄岚生客襟。
扁舟压天阔，万岭束江深。
藉以沙头树，招之烟际禽。
渔家斫新鲙，坐语暮沉沉。

挑 菜

我甥行我前，雀跃导先路。我母殿我后，携篮勤指顾。犬吠过邻闻，野彴横溪度。十步小陂陀，百步略回互。垂杨蘸水轻，临风入樊圃。蒜侣幂春烟，菠曹滴晓露。葱韭分泾渭，参差不知数。采摘动盈把，庄蝶恣来去。萦迂望屋舍，午庖供老父。嘉蔬傲鼎食，嗟哉万钱箸。登盘窥至味，坐接团栾趣。

两 甥

荆璞自足珍，连璧信奇绝。聒耳闻喃啾，雏凤出丹穴。小者过初度，十五月圆缺。怯生脱舅抱，置地兴难遏。张臂驰欲翱，蹒跚失一蹶。憨然坐向隅，至乐不可夺。大者近四龄，座客识瓜葛。绕屋驾小车，骋若山川阔。阿爷在南粤，神游万里达。岂知肉食鄙，盘飧任饕餮。吾归相与俦，旅抱暂堪悦。转眄去飘忽，征路入磨涅。

马骁

马骁，1993年生，内蒙古呼和浩特市人，现就职于中华诗词研究院。中央财经大学中国古代文学专业唐宋方向毕业。发表论文《略论杜诗中的"伏枕"一词》《杜甫〈咏怀古迹〉中古迹的诗意形象》等。

/ 我的诗词观 /

打通古今，以"不薄今人爱古人"的胸怀从事学术研究；辨别妍媸，以"别裁伪体亲风雅"的眼力开展诗歌鉴赏；博采众长，以"转益多师是汝师"的精神进行创作实践。

王师偶居香堂，重整旧屋，作绝句五首，次韵奉和（选二）（新韵）

一

守拙园田事若何？浮生半日旧行窝。
山河大地收拾尽，扫却书尘鼠迹多。

二

新涂四壁竟如何？诗酒明年好啸歌。
小院旧污相送罢，门前日日白云多。

浣溪沙·访妙应寺白塔

烟树沉沉掩蓟门。秋来故国易销魂。分明如梦复如尘。
千丈浮屠连碧落，百年劫火映黄昏。人间留得几微痕。

李昊宸

李昊宸，男，1995年生，吉林长春人。中山大学中文系博士生，研究者，写作者。曾获短诗大赛特等奖、荣昶文治杯一等奖、聂绀弩杯诗赛冠军、樱花诗赛一等奖、中华诗词大奖赛优秀奖等，作品散见于《中华辞赋》《诗词报》《当代诗词》及各诗词公众平台。

/ 我的诗词观 /　　诗人不高于任何人，但文字永远高于我们的人生。

病后夜游柳江

十日稍能息蚁喧，兹游容与浦云闲。
怯花螺女垂垂老，望雨龙湫处处山。
忍顾玄黄麟不寿，宁知庚子句全删。
江头千树莫深坐，无量春愁去又还。

十一返鄂车过长江大桥

睽梦三年鹦鹉洲，岸前已换橘千头。
降仙鹤郭应难老，捐佩渔民不服周。
怅别时无庾台月，想招来是杜陵鸥。
横江聊复说归去，岂在灯花与酒筹。

金缕曲

题记：张君来栋，余江城室友也，辗转南下，与余又为羊城友。时南国初寒，约为小聚，颇动北人居粤之恻恻。

暮色临诸粤。但彤云、有情争护，木棉初发。城上西风成何事，暗换箧中裘葛。更谁问、酒唇寒热。只此南楼青不减，似当时、对坐沧江阔。引一榼，消吾渴。

三年饱看鸿飞灭。记灯前、寻盟问字，匆匆都别。欸乃虚舟飘无定，况是舟中人物。算未抵、林禽清越。苦恨声声啼难学，叹夜来、误尽谈天舌。无数事，共花说。

王一舸

王一舸,昆曲作家,编剧,艺评人。北京诗词学会理事,北京戏曲评论学会理事,北京戏剧家协会会员。

/ **我的诗词观** /　写诗是一种心灵的旅程,诗词是从古人的表达中发现自我的过程。

咏毗卢寺壁画（新韵）

寺前春水映桥栏，寺里神仙作壁观。
明灭影踪成漫漶，参差线索到斑斓。
访碑花底光摇字，对日芳茵眼照酸。
归去千秋犹一晌，见如埃土落金镮。

淡黄柳·小女对风小玩

晚风笑语，春夜猜新句。小女频和风小絮。说道风来此处，同我贪玩别轻去。

夜如许。欢时细斟取。微微月，过凉树。尽知他，此世何枯旅。但喜相逢，有您为伴，今后身游足叙。

小重山·春晚

一袖春寒留短香。疏光时绊水，动凄凉。林花碎处有残阳。问花影，恁小到风窗。

夜总起长廊。渐来搜剔过，旧尘梁。镜中风雨镜边妆，且莫把，事事照银釭。

沈习进

沈习进，2001年生，四川江油人。系中华诗词学会会员，绵阳市作家协会会员，江油青莲诗社副社长。作品散见于《诗刊》《中华辞赋》《中华诗词》《岷峨诗稿》《当代诗词》等刊物，曾获2023年度"聂绀弩杯"大学生中华诗词邀请赛一等奖，第六届全国高校"爱江山杯"诗词创作大赛一等奖，第七届"国际诗酒文化大会"全球征文大赛优秀奖等奖项。

/ **我的诗词观** /　　语贵真，词贵新，意贵巧，气贵正。

见祖父在党五十年勋章并听其军旅史有感

长向阑干忆旧踪,少年今已白头翁。
骨埋松柏群峰碧,血写河山一抹红。
素愿堪追云与月,丹心欲化铁和铜。
金勋熠熠如朝日,暖到千家万户中。

辩论赛

列阵擂台犹弈枰,唇枪力敌始交兵。
答时代问襟怀广,扬价值观逻辑明。
竞赛虽须分得失,人生未可定输赢。
世间多少浊清事,正反如何一字评。

水调歌头·毕业归乡途中赠师

高铁贯南北,回忆满西东。时光常化流水,潮湿我心中。似听书声起伏,似见樱花开落,越想越朦胧。回首去时路,小树已成松。

缘为始,途有尽,爱无终。某年某月,依旧人物话重逢。不必沾巾作态,长愿春晖永驻,点石一生功。来日征程远,驰骋快乘风。

殷鑫

殷鑫，字吉甫，1986年生，重庆梁平人。中国民主促进会会员。毕业于中国政法大学，现为中华诗词研究院诗词研究部职员。中国语文现代化学会语文教育专委会理事、中华诗词学会会员、北京东城开明画院理事、北京文艺评论家协会会员、北京曹雪芹学会会员。

/ 我的诗词观 /

诗为心画，词有义群。词以心动，意随境转。诗以有限的字词，雕镂无涯的空间，予人身心的安闲。

娇妹明山得子名泰然其姊安然（小名天天）取国泰民安之意也赋此如晤（古风）

天天上学早，朗朗继家声。
金发皆同桌，碧睛何满城。
民安承母愿，国泰伴汝行。
珍重春秋意，相亲雏凤鸣。

衍　梦

风物缤纷分外奇，紫红都畏最高枝。
何欢于我托瑶梦，大话通君趁幻时。
照出当年明月影，寻来经岁彩虹姿。
如何意识半清醒，一觉觉回恨染丝。

参加北京东城开明画院揭牌仪式（在钟楼湾胡同61号）所见感怀

冬日暖临钟鼓楼。市民曼舞逗人留。
爱而贪早敷霜露，恨不相亲认侣俦。
彩带乘风抟巨笔，琦姿因势作银钩。
眼中生意俱书画，千古江山待瞭眸。

龙健

龙健，贵州黄平人，九零后，工学硕士，现就职于某央企。系贵阳诗词学会会员，中华诗词学会会员，入选《中华诗词》第十七届青春诗会并获"雏凤奖"。作品发表于《中华诗词》《中华辞赋》等。获汨罗江文学奖九歌奖、国际诗酒文化诗歌银奖、逸仙青年文学奖提名奖以及各类诗词联赋奖项百余次。

/ 我的诗词观 /　　以文字温暖生活。

至衡阳口占一绝

直向衡山望,漫听湘水回。
云边千里雁,足下一声雷。

黄昏读书

山色略相似,风声类有群。
岭边方落照,楼上欲沉云。
望远心犹怯,寻幽趣不分。
翻书心意懒,弹指月中旬。

苦寒行

北风吹渐紧,飞雪行应迟。朝看群峰白,万里道何歧。暮宿南村远,孰云吾志移。览物心殊异,感此甚离离。所见良可叹,所闻亦悲欷。工遭勿少留,农去莫与辞。年中方至此,开工不及知。投身建光伏,正值紧迫期。受令来蹲点,共尔树大旗。早晚饭同食,车马往来驰。尔言出川后,漂泊心力支。足历十余省,而今又在兹。早岁遭变故,平生衣参差。技乏难活命,为求微薄资。昔驱今奔走,风雪归不疑。黔南又雪夜,川上待春熙。来春犹骀荡,望岭尽逶迤。忧尔情切切,际遇几同时。

张小红

张小红，网名汉水鸿影，人称"乡愁小红"。陇人居陕。现为中华诗词学会理事，陕西诗词学会常务理事，汉中市诗词学会副会长。中央社会主义学院2017年首届"中华文化传承与创新"研修班学员。中华书局2015"诗词中国·最具网络影响力诗人"、《诗刊》2018年度陈子昂诗歌奖年度青年诗词奖等。

/ 我的诗词观 /　　至情皆自寻常起，人间百味作词魂。

思　儿

痴雨连三月，乡愁涨似溪。
黄昏逢学子，恰与我儿齐。

卜算子·打工别

一步几回头，恋恋斜阳后。短聚还分岂忍分，泪湿春衫袖。
休采路边花，莫嗜杯中酒。努力加餐勿念儿，老小妻来守。

浣溪沙·代留守儿童题

莫说孩童不解愁，思亲几度泪长流。伤心最是守空楼。
玩具焉能消寂寞，新衣岂可替温柔。团圆梦里数春秋。

王十二

王十二，字无用。自云三病：诗魔、书癖、石痴。安徽省诗词学会常务理事，池州市秋浦诗社社长。著有诗集《王十二绝句三百首》。曾获首届杜牧诗歌奖、《中华诗词》第四届"刘征青年诗人奖"、《中华诗词》第十九届青春诗会并获"雏凤奖"、两届《中华诗词》年度好诗词奖等。

/ 我的诗词观 /

我有三不写：眼不见不写，心不动不写，意不新不写。

客 至

白瓷壶老碧螺新，小院重修来故人。
倒出太湖三万顷，一杯盛满洞庭春。

过鸡鸣寺

昔日红来今日空，今人还与昔人同。
一千七百年间事，尽在樱花开落中。

游万罗山

山郭远城市，清溪为近邻。
白云如走马，怪石似逻人。
古寺山腰立，高崖水面皴。
竹摇疑鹤唳，松老信龙鳞。
鸟语谁能会，山歌自可亲。
万罗同我隐，我比万罗真。
碑刻古人事，苔生今日春。
古人诗太旧，今日要翻新。

何智勇

何智勇，号辣斋，皖人居杭，现为唐社顾问，著有《西湖十景赋》。

/ 我的诗词观 /　　在继承的基础上创新，在生活的描写上用心。

观小儿入睡

羡尔酣眠好，凝观若小豚。
衾横忽颠倒，胫露试寒温。
夜色净无底，清涎下几痕。
应知新梦足，浅淡笑涡翻。

健身戏作

吾不负我腹，腹亦不负我。十年簿领间，倭迟困久坐。何异狼跋胡，丰脯重欲躰。苦非白瓠身，痴肥与世左。体检日宜瘦，敕之急水火。械我铁一钧，左右行不傩。手我绳三尺，力挽沉江舸。燃我要间脂，快意炙圆輠。酸我臂上肌，葛衣汗重裹。心跳听鼙击，血压看城堕。始觉全身轻，一动消百惰。在昔苦焦劳，今反希瘆瘥。明日难负戴，仔肩犹谓可。

太华西峰观落日

时兮空兮挠见缚，氢兮氦兮燃灼灼。三千界中仰元尊，五十亿年事同昨。娲皇造人泥未干，羲和驭天历万朔。汩没荒淫电磁波，招我飘摇登西岳。是时绝崖半阴阳，群峰惟见颊光跃。遥知踆乌亦观予，匆匆西升复东落。一埃竟藏万千观，河泻元珠天敷萼。明日高呼起初暾，何殊荧爝点大壑。

孙才

孙才，1997年生，湖北荆州人。碧湖诗社社员。作品见于《诗刊》《青年文学》《中华诗词》《中华辞赋》等。

/ **我的诗词观** / 投入时代现场，介入当下，用现代语，写当代事，抒真实情。

清明宿拈花谷

远村寥落夕阳斜,青锁春山问酒家。
寂寞闲庭人不管,行云深处只拈花。

自习晚归其二

月色空明似昔殊,情怀如梦半模糊。
悄来诗思谁人和,吟到灯深一句无。

鹧鸪天·甜妹赠风铃以答

回首秋光暮色迟。春风姓字梦成痴。一襟心事甜中诉,二载人情冷后知。

翻画页,写芳词。且听铃语寄相思。悄声洗碗多甘味,看你安然熟睡时。

闫赵玉

闫赵玉，生于1993年，别署调玉斋。南开大学文学博士，现执教于西安音乐学院，特邀主讲诗词吟唱课程于西北工业大学。出版个人著作有《唐诗带你游长安》《人间何处问多情》《清代词赏析》《宋词带你游杂州》，发表学术论文十余篇。兼任陕西省文化传播协会吟唱专委会副主任、陕西省诗词学会诵读工委吟诵部艺术指导。

/ 我的诗词观 /

子曰游于艺，盖人之习文识艺，犹鱼之在水。鱼不知水，故能游泳自如。人忘乎艺，乃得逍遥自适。愿以有涯之生，追无穷之美。

新荷叶·读东坡悼朝云诗

瘴海南迁,玉颜净洗铅华。柳絮飞霙,漾空落向谁家。惟卿识我,奈狂风、卷尽烟霞。枯桐鸿影,自栖冷月平沙。

勤礼禅灯,清光照影松斜。露电浮生,维摩一梦空花。从今休唱,君行处、芳草天涯。孤亭暮雨,吟魂愁听悲笳。

生查子·深秋校园漫步,偶有落叶坠衣上,拂之不肯去。

似焰烬残灯,似蝶飞虚岸。似羽坠霜风,似梦轻身幻。
树树缕金衣,赴死如华宴。来会在他生,认取芳菲灿。

齐天乐·梦游滕王阁

北窗幽梦迷行路,凭临落霞烟渚。九阙参横,三星斗转,阑槛青红如许。华筵宾主,正学士讴吟,将军幡舞。问客何来,展笺笑语唤题句。

白衣年少新赋,碧波凌万顷,鸾鹤翔翥。南浦遐观,西山胜赏,说与人间今古。乘风欲去,竟笔落杯倾,一声钲鼓。醉枕游仙,梦魂飞作雨。

郑泽帅

郑泽帅,笔名郑安,2000年生,山西运城人,太原市作家协会会员。作品散见于《诗刊》《中华辞赋》《长安》《青少年导刊》等。

/ 我的诗词观 /　　致虚极,守静笃,万物并作,吾以观复。

戏　蚊

灯下蚊虫觉可亲，夜来交响近如邻。
悄声渐次唯倾耳，使入酣眠好梦新。

村　社

社日新炊淡远烟，春晴二月早莺眠。
暖风尝尽家家酒，直送梢头醉柳棉。

枕上闻新雨偶得

寒灯病枕欲眠轻，窗下闻虫近细鸣。
雨过门前春麦绿，夜深犹送涨溪声。

吴曰夏

吴曰夏，笔名沧客，1988年生，旧体诗爱好者，青岛市作家协会会员。作品曾入选中国诗歌网"每日好诗"栏目，散见于《诗刊》《中华诗词》《当代诗词》《朔方》等文学刊物。

/ 我的诗词观 /

师古出新，或有"新词"，或有"新意"，两者兼有最佳，有"新意"无"新词"次之，有"新词"无"新意"再次之。

小村旧事

小村日暮雪萧萧,阿母呼名已舌焦。
无赖群童浑不顾,后山洞里烤红苕。

见母校中保希望小学废弃

墟里杏坛生绿苔,残墙破屋不胜哀。
阶前荒径转身过,树下浓荫亲手栽。
此处二毛仍有忆,当年两小正无猜。
暮光欲把时间锁,哼首儿歌泪满腮。

夏日村居

避喧消夏好还家,推入柴扉情自嘉。
枕着阴凉浮北院,汲来井水镇西瓜。
篱头邻老乡音缓,陌上炊烟夕照斜。
谁把时间调倍速?山中一日更长些。

刘中红

刘中红,1987年出生,重庆涪陵人。重庆市涪陵区白鹤梁诗社社员、重庆市诗词学会会员。作品散见于《白鹤梁诗词》《中华诗词》《诗词月刊》《桃花源诗刊》《长白山诗词》等刊物。

/ 我的诗词观 /　　诗可数年不作,不可一作不真。

答禽鸟

题记：余归山中，正值麦熟，与父刈麦，林间禽鸟嘲哳不绝于耳。家父言：雀儿在叫骂。问之为何，父答：因口粮被夺。此亦山中一戏事也。

山禽骂我我何冤？麦熟东皋食我先。

未若田头捕虫豸，秋成稻束更香鲜。

竹香子·忆昔

那日山中闲坐。仰见九霄月左。沉沉静夜烂繁星，醉了人间我。

天光向晓淡沲。有鸟儿、你唱它和。峰高不许乱云横，一灶晨烟嫋娜。

定风波·骑行在新藏

不惧高峰与陡坡，难于蜀道又如何？车乃精兵吾乃将，胆壮，国之大道有行歌。

百二雄关开画卷，长昒，珠峰斜景醉颜酡。座上青春虽不久，知否，三千世界未蹉跎。

朱思丞

朱思丞，中国楹联学会理事，中华诗词学会会员，解放军红叶诗社培训部导师，江苏省楹联研究会编辑委员会副主任，镇江市诗词楹联协会副会长兼秘书长，镇江市高级文化指导师。参加第12届中华诗词"青春诗会"，获首届"刘征青年诗人奖"、"谭克平青年诗词奖"、第五届国际诗酒文化大会全球征文金奖等奖项。

/ 我的诗词观 /　　在个人抒情中融入家国情怀。

随军再赴科尔沁途中

夜宿辽家堡,朝辞瘦马湾。
芜菱连黑水,塞雁走红山。
朔漠高情在,战旗千里还。
长风如有意,吹寄暮云间。

巡　边

晨行披白雪,落日界碑前。
霜重疏林矮,鸟稀孤寨偏。
云收山现马,风过草凝烟。
枪刺挑寒月,星沉一线天。

酒泉至敦煌路上

天高暮云迥,暑气继朝昏。
地阔连荒碛,树稀含远村。
苍茫山接续,零落草犹存。
戍鼓千秋后,黄沙有旧痕。

李衔夏

李衔夏，本名李鸿斌，1985年生。系中国作家协会会员，广东省作家协会理事，广东省文学院签约作家，清远市作家协会主席，《飞霞》杂志主编。出版有长篇小说《人类沉默史》《无无》、短篇小说集《加缪的人间》。诗词发表于《诗刊》《中华辞赋》《中华诗词》等刊。

/ 我的诗词观 /　　诗词新的生命力在于走向世界，为全人类歌咏。

母　校

新颜旧貌忆当初,痴惘少年多务虚。
过气青春心未殆,回头襟坐读诗书。

夜　读

夜风孤寂入凡宵,卧榻翻书到翌朝。
投石心湖难起浪,灵归素静便通桥。

赋　诗

安身凡海作缄邻,偶赋诗文始近神。
削句势如尖刃出,一言沾血重千钧。

孙伟

孙伟，山东寿光人，中共党员，中国石油大学（华东）经济学学士。现任山东诗词学会办公室副主任，注册社会工作师，山东省作家协会会员，山东师范大学山东省文化产业人才培养研究基地研究员。诗词作品散见于《中华诗词》《中华词赋》《联合日报》《齐鲁晚报》等报刊杂志。著作有《守藏录》。系中国非物质文化遗产双手刀剑项目代表性传承人。

/ 我的诗词观 /　　风起青萍，剑落星河，诗成便是九天歌。

登华不注山

误入碧霞明镜中,踩光踏影似孤鸿。
拂尘飞至九天外,剑落华阳成此功。

春 愿

暑来寒往复新征,万事相随至玉衡。
高阁流觞应有尽,孤灯一盏亦成声。
携书问道无穷已,仗剑天涯言不争。
山海负衔千古志,星河明月伴峥嵘。

浪淘沙令·临海思秦皇求仙事

雄志贯长空,万世之功。寻丹炼药欲飞虹。神草仙山无问处,寻觅无踪。

坐饮一舟中,来去随风。戏游人世一仙翁。阅尽红尘多少事,万古难穷。

潘文貌

潘文貌，高中语文教师。系中华诗词学会会员，广东省作家协会会员，清远市作家协会会员，《清远日报》签约诗人，佛冈县作家协会副主席。作品散见于《诗刊》《中华诗词》《中华辞赋》《星星》《诗潮》《文艺报》《南方日报》《当代诗词》《飞霞》《清远日报》等刊物。

/ 我的诗词观 /

在字里行间，以诗词为镜，映照内心的风景，诉说真实的自我。

日暮浣洗图（新韵）

一任清风稍许狂，沿途吹皱半条江。
拟将霞色作颜料，倒在波间染绣裳。

如梦令

一夜东风眷顾，桃李含羞带露。又见柳丝垂，问讯君归何处。日暮，日暮，燕子成双谩妒。

蝶恋花

雨打残红生旧怨，垂柳依依，独上溪桥畔。伫倚东风浑漫漫，落花逐水流光暗。

千盏华灯何绮粲，夜映星辉，莫作伤心叹。老却青春犹未晚，人间值得长期盼。

熊轲

熊轲,笔名易为春,1999年生,字辅弼,号辅弼斋主人,宁夏中宁人,中国作家协会会员。有作品散见于《诗刊》《朔方》《延河》《生态文化》《中华诗词》《作家文摘》《中国文化报》等刊物,获第七届中国诗歌节、第七届泸州老窖国际诗酒文化大会、2023年青海湖国际诗歌节等奖项,获选中国诗歌网"每日好诗"等荣誉,出版诗集《寻轲》。

/ 我的诗词观 / 游走在唐宋风韵中,于平凡世界里追求一颗诗心,触景生情的哲思即是个体灵魂的投影。

塞外怀古

暗减残晖漾逝川,霜侵稀影渺云烟。
尘鞍剑伴千秋梦,帐幕旗摇万仞绵。
唳断沙间寒塞暮,笳催枕上泣寥天。
不堪吟畔春风误,鸿信虚传是旧年。

秋游道中歌

徘徊古渡倚天风,指顾频频慰寸衷。
浩荡烟云侵晚树,澄明秋水映寒鸿。
清谈剩几孤怀起,旅梦无多旧迹空。
惯向棹歌寻逸韵,长吟目断渺茫中。

冬夜小舍中闲作

窗染霜花路渺然,风寒触绪顾灯前。
醺歌雪影三盅意,倦感生涯满目烟。
愁字旋怀惊旅枕,光阴易失负长笺。
只今不念千千梦,夜语依稀味似禅。

曾入龙

曾入龙，1994年生，布依族，贵州关岭人，中国作家协会会员。作品散见于《诗刊》《民族文学》《北京文学》《青年文学》《山花》《星星》《扬子江诗刊》《诗潮》《绿风》等刊。曾获贵州省第三届尹珍诗歌奖·新锐奖、《中华诗词》第四届"刘征青年诗人奖"。出版有诗集、随笔集四部。

/ **我的诗词观** /　　写自己，写当下，写生活，而后再写其他。

浣溪沙·夜归

宜借街灯照履痕,宜披月色到凌晨,宜寻的士寄闲身。
经过许多城市树,默然一笑我和君,未归人与未归人。

临江仙·某种心情

街上夜灯成寐,人间琼宇参天。是谁独往独归还。末班车去远,行道树无言。

二十九年心事,一千万种辛酸。繁星点点月弯弯。我如星璀璨,亦似月孤单。

清平乐·同桌的你

那年那月,栀子花如雪。下课铃中偷几瞥,看你那双眉睫。

无端又梦当时,青春往事谁知。书上写卿名字,一千万种心思。

唐颢宇

唐颢宇,1991年生,小字海棠,斋号小狐仙馆。世居金陵。南京大学古代文学硕士、南京师范大学诗词学博士。担任《当代七律三百首》(华文出版社)副主编。诗赋风格多样,诸体兼善。

/ 我的诗词观 /

修辞立其诚。读诗须读气正格高,作诗须作端正典雅,切不可入左道。学诗第一使人温柔敦厚,其馀皆是末事。

西溪船访白梅

遥见背船立,近知临水垂。
风生白蛱蝶,雪落绿玻璃。
待月疑君是,向春横笛吹。
归来摘沾袖,多谢远相随。

雪

风流不待与人期。趁夜翩然满故枝。
梅以寒高圻开小,诗因手冷写成迟。
行藏岂必共君子,笔墨翻嫌劳画师。
便化泥尘泽下土,一生洁白要谁知。

橘灯行

此村人八百,木奴八万头。结实八百万,累累满沙洲。壮者入城市,各有稻粱谋。老者拄藜杖,但拣硕果收。群童狡可爱,捡拾金弹投。犹余泰其半,长引狐与猴。天风吹澹澹,海水梦悠悠。向夕南山口,红尾草间抽。被惊人立起,三五漏叶兜。见余频揖爪,谓我不曾偷。家儿好攻书,三礼与春秋。大女昨及笄,已说邻山侯。灯笼厝两列,月下随远游。小女方垂髫,学绣不肯休。恐女伤水晴,恐儿暗吟眸。送嫁举火稀,恐被舅姑羞。见橘垂黄灯,脉脉泛温柔。一似老狐心,永替儿女愁。新妇于归时,还照旧妆楼。胜似萎空枝,落地积荒沟。欲助同摘取,惊觉衾枕幽。薄彩天际泛,飞光海上流。忽看深草隙,似有红尾浮。

刘斌

刘斌,笔名留取残荷,江右人氏,公众号"藕斋"总编,主持编选《网人七绝八百首》《城市诗词三百首》《当代女子诗词五百首》《当代诗词精华录》等当代诗词网络选本。

/ **我的诗词观** /　　我要孟郊刳骨力,春妍不画画苍生。

加勒万河谷

枕是冰河石是毡,擎窠从古勒燕然。
男儿溅血鹰曾见,长唳回风久久旋。

注:河谷崖壁有"大好河山,寸土不让"八字。

即目示儿

通衢车马乱纵横,落日苍茫括大城。
莫倚高楼笑棚户,高低一一是苍生。

岁暮返乡,表弟冒雨来接

乡音初听意初佳,丝雨何妨夜驶车。
话到双亲多疾处,天浓如墨雨如麻。

潘一丹

潘一丹,中国作家协会会员,清远文艺评论家协会副主席,曾出版诗集《阳光穿过睫毛》《春天的 N 次方》。

/ 我的诗词观 /

诗可言志,亦可言情,可及物,也可神性,可抚慰众生,也可刺痛时代,可幽默解构沉重,也可在轻与重之间找到平衡。

夏日有感

开窗抱得远山斜,漾漾长波晕晚霞。
时值清风香入梦,一轮明月蘸荷花。

湟川三峡

青山共与鸟声幽,野水轻轻日夜流。
白云到此飞不过,夕阳慢慢上扁舟。

浣溪沙

回忆恰如一草芽,生生不为慕云霞。只将春意送年华。
柳岸风吹桥影子,江边水润藓苔花。酒酣缘自那人家。

王瑞

王瑞，2002年生，江苏南京人，北京大学日语翻译硕士研究生在读，西安交通大学文学学士。日语二级翻译，译著《银荆的告白》三卷。诗词散见于《中华辞赋》《陕西诗词》《梨云》（日本）等。曾获中华诗词学会"全国优秀诗教作品征文大赛"论文组一等奖、西安诗词学会"达立杯"端午诗人节诗词大赛一等奖等奖项40余次。

/ **我的诗词观** /

或举凡人至高天，或抑高天下兹土，诗之理想即是也。

乘友人电瓶车返校

他日生涯一海分,秋窗凉夜浸灯昏。
无聊应忆春衢尾,细雨骑车入校门。

咖啡馆

银匙泮涣想轻沤,卡座醇烟暂可收。
午梦阑时诸馆静,晴云截处小窗幽。
且研异国相思物,去兑少年春水愁。
未必浮冰能解涩,方糖淡奶故相投。

定风波·末班车地铁

漏夜删余冷电光。映诸倦脸疸而黄。一日驱驰消用酒,垂首。半生加减负于房。

幸得蜗居同爱侣,儿女。加餐努力勿招凉。蓦地来人惊好梦,摇动。此身仍寄铁车厢。

方强

方强，笔名方钰轩，1997年生，陕西省三原县人。中华诗词学会会员、中国楹联学会会员、陕西省诗词学会会员、咸阳市作家协会会员，陕西省秦风诗词学会理事、三原县作家协会监事，中铁职工作协副秘书长。常年组织开展诗词公益活动，作品散见于《中华辞赋》《星星·诗词》《陕西诗词》《青年文学家》《东坡赤壁诗词》等刊。获第十届陕西省青年诗人奖。

/ 我的诗词观 /　　诗是情感的载体，是历史的缩影，是作者的人生。

忆秦娥·秋思（新韵）

秋意惬，渭塬十里繁花谢。繁花谢。西风轻抚，抚落残叶。

华堂犹见青灯曳。交睫已是三秋夜。三秋夜，且将心意，相诉明月。

西江月·中秋夜

抬望二更秋月，客居南岭三秋。斜垂帘幕曳西楼，辉映回廊如昼。

又是中秋时节，月明江水清幽。难成相思语还休，只把眉头轻皱。

江城子·霜天残月最多情

霜天残月最多情，夜无声，月难明。一帐红帘，难掩烛灯明。最是异乡人久别，唯孤月，泪相迎。

忽闻窗外雨珠声，漫燕京，路难行。滴落残花，风啸惹雕屏。纸伞侧行门外去，随夜雨，向街亭。

王敏瑜

王敏瑜,笔名纤墨,常熟人,居金陵。入选《中华诗词》第十七届青春诗会并获"雏凤奖",作品在全国多家杂志和微刊发表。

/ **我的诗词观** /   与山水交友不累,与草木交心最真,在自然山水中找寻一份清新、随性的灵感与诗意。

路遇栾花

一

一遇芬芳怜共老,深情沧海误相猜。
新章唯恐秋风早,只道栾花淡淡开。

二

旧梦新题认雪鸿,芬芳至此报秋风。
今宵坐待轻黄老,只许诗情落满丛。

定风波·秋天的树

题记:有人说,来生愿为一棵树,在风中站成永恒,念及以记。

陌上繁花已入尘,人间自古只怜春。败叶霜天吾不负,独舞,苍苍风骨近星辰。

早惯清明随草木,无物。年华养得性情温。对坐悠然空五蕴,归隐,来生亦是此中身。

黄伟伟

黄伟伟，90后，现为小学教师。中华诗词学会会员，盐城市诗词协会理事，阜宁县诗词协会理事，阜宁县作家协会会员。

/ 我的诗词观 /　　为诗非好诗，元是因诗短。捉笔两三行，无题都不管。

金缕曲·胎动

少日频抬手,恁欢娱、昼时折杏,夜来攀岫。餐足清眠犹高踔,饥则踟蹰摇首。惜湫仄、不能游走。待到超声科探照,甚知机、假寐安双肘。及出室,翻筋斗。

坐思羊水如沾口,辨五味、甘定颜开,辣应眉皱。加饭蔬从无些忌,生得者般滴溜。长成后、或多漫叩。寰宇尚存疑未解,若有方、毕力穷渊薮。学为偶,书为友。

金缕曲·孕中有怀

似偶应非偶,想秋来、梦中频告,心疑儿否?猜料生成多顽健,永日东奔西走。更咀药、复阳之后。曲折百般夫谓予,与吾家、相结缘深厚。自惘惑,吾何有?

家翁期冀如琼玖。怕廿年、养出金闺,为人持帚。安得随宜身无缚,赚个文章山斗。又恐是、难逃狗苟。请谅私怀携汝至,信吾能、勉力移灾咎。刀一口,吾先受。

金缕曲·昨夜小子以拳击我

镇日多摇摆。者痕痕、分明指节,夜敲行盖。家物团团深难辨,一片浓云杳霭。更谁食、柔蔬精秄。时震四围开欲裂,每提心、游曳浮沧海。风浪卷,惊澎湃。

扯些绳索安烽砦。且于武、研练常勤,未尝弛怠。营养频输身肥壮,试教边疆重改。唤太史、为吾登载。地大况兼粮草富,喜难禁、行动无拘碍。丁卯至,将延待。

张太玄

张太玄，本名赵通达，男，2002年生，河北保定人。学诗五年，喜七律、七绝。曾获"第五届国际诗酒文化大会铜奖"。

/ **我的诗词观** /　　诗词创作一定要符合时代背景，体现独属于现代人的思维模式，不作泥古之语。

佛　寺

佛塔高高坐佛陀，痴男呆女每经过。
一声梵呗人皆仰，各祷前生善业多。

落　花

风横眼底青无定，雨打溪头岸涨红。
立尽城南春十二，惜花人在落花中。

公园印象

公园信步兴何孤，夹路梧桐到眼殊。
咫尺黄筛天一隙，参差滑砌卵千珠。
声鸣泉石寒移耳，影动鱼虫狡入湖。
长椅无尘容小坐，诗人吟得画图无。

李明

李明，网名李囧月，1986年生，辽宁锦州人，文学博士，西安高校教师。乾社社员，诗作散见于《诗潮》《中华辞赋》《扬子江诗刊》等杂志和各大诗词公众号，有《镂冰集》《画脂集》印行。

/ 我的诗词观 /　　诗是一门学习如何真诚的艺术。

乡原野望

独立停车向晚风,乡原阡陌走村翁。
长林薄暮深沉碧,落日沉山分外红。
吹残云物高天净,刈尽秋禾大地空。
各自平生有根蒂,谁令飘转似飞蓬。

朱雀门城墙下酒吧露坐夜饮

隐几墙阴酒一缸,檐灯照座影幢幢。
高城聊证红羊劫,小店容逃乌托邦。
云色无星天意倦,歌声有味我心降。
此身饮罢惜残夜,明灭高楼剩几窗。

村　望

哀乐声飘度陇迟,门前村老坐如痴。
天如此碧有何意,风继续吹无尽时。
久与故乡成异客,又看老树发新枝。
儿时朋辈归何处,薄俗人间各自知。

唐本靖

唐本靖,1997年生,湖南衡阳人,号未谙。工学硕士,转业文学中。语言、城市、数字敏感者。

/ 我的诗词观 /　诗有二要,一曰新,二曰真。真即我手写我心,若为真,技术到位,则大抵亦为新也。

南屏晚钟

到水天风吹复停,南屏山上鸟飞经。
钟声时起净慈寺,无限夕阳来驻听。

秋　招

一朝收拾几年书,有梦醒来入世初。
渐失春风看花马,忽成人海待沽鱼。
高低楼立知何往,大小城围不易居。
此际长天云漠漠,两三星点正踌躇。

临江仙·暗恋

细雨何须惊艳,微风自不从容。乌云消散正相逢。日光零乱后,她在彩虹中。

此去阴晴何处?如冰如火行踪。愈分明却愈朦胧。当时三两句,心底万千重。

郝佳鹏

郝佳鹏，2002年生，河北栾城人。石家庄市作协会员。现为石家庄学院中文系学生。作品见于《诗刊》《星星》《中华辞赋》《中华诗词》等，在"聂绀弩杯"大学生中华诗词邀请赛、全国青年诗词奖等赛事中获奖。

/ 我的诗词观 /　　师古而不泥古，以我手写我心。

消　夏

花尚清姿叶尚阴，夏光岂独滞荷心？
亭中小坐呆呆后，柳上青蝉各自吟。

高中不说再见

蝉唱青桐下，晚风沾落花。
悠悠徊绿径，攘攘羡丹霞。
俯仰同三载，离分各一涯。
但思相会处，不用泛星槎。

踏莎行·迷茫的日子

冷蕊黏冰，寒鸦泣雾。暮空杳杳风休住。炉红斗室望鼾声，被衾空把青春误。

灯曳三更，书翻几炷。当年得意三余处。有情风雪那时光，如今只剩无情度。

万志强

万志强，笔名春风，90后，广西玉林福绵人。现任玉林市诗词学会副会长、市楹联学会副会长等。作品散见于《诗刊》《中华辞赋》《中华诗词》等纸刊和一些平台微刊，全国各类诗词楹联大赛时有获奖。

/ **我的诗词观** /　　笔辉星汉虽存梦，名薄尘烟亦不痴。
　　　　　　　　　　最爱真情吐为快，鹤云缘结数相知。

两地秋思

莫道视聊堪慰心,情温屏冷倍霜侵。
相思每若经秋草,明日逢春根愈深。

亲恩(新韵)

九天犹太小,四海不足深。
比月柔于水,胜阳温更春。
常愁一世短,难报几情真。
老病如能替,又何惜此身。

青年话

而立如临不惑年,青春渐任酒诗缠。
侠刀未就江湖梦,情笔幸逢山海缘。
几度飞舟经世浪,一双归鸟爱桑田。
虽知物质城中好,何似精神云外翩。

吴佳佳

吴佳佳,笔名佳纱,85后,安徽铜陵人,佳社创始人。作品擅长绝句和小令,发表于各网络平台与纸媒,偶有获奖。

/ 我的诗词观 /

写身边之景,道眼前之事,抒心中之情。将时光入诗,在古韵新声中放飞心灵,乃人生第一乐事。

忆少时贪玩骑单车迟归

乡路弯弯入柳烟,单车影动一池天。
任凭落日来追尾,不与青春相错肩。

天鹅湖畔(新韵)

岸上风晴山欲眠,我心静似水中天。
一湖蓝被舟划破,千顷相思正蔓延。

见山枫

霜露雕花织锦绸,青山执意嫁金秋。
晚风看得心沉醉,欲揭一峰红盖头。

陈贺达

陈贺达，字济之，室号返照楼，广东中华诗词学会副会长，广州诗社副社长，《诗词》报负责人。

/ 我的诗词观 /

修辞立其诚，诗人下笔要诚心正意，"芳草斜阳解用时，诚如未立慎为诗。论心长使鬼神厌，下笔翻教风雨疑。"

春夜过弥纶室

东山雨霁正春风,忆及当年炉火红。
别后道心同木石,归来骨相辨龙虫。
月生广莫初何有,光转诸天即大空。
无限幽怀言不得,花前付与酒杯中。

伯狐兄馈橙一篦诗以报之次礜庵韵

灯前坐觉地球空,玩转圆橙于掌中。
齐楚分明牛马及,项刘徒割界沟鸿。
并无坤轴南穿北,只有人心西隔东。
一个香黄真可爱,指间吹起大鹏风。

奉题姜荷花示忆雪堂、小梅窗二先生及晓梦姐

问花身世日西来,移向白云深处栽。
无意名争香世界,有心地让月楼台。
不须标自淤泥出,何必濯于清水开。
放迹江湖终觉远,便成三径足徘徊。

卫一帆

卫一帆,北京诗词学会会员,京社成员,就职于中国人民大学,作品见于《诗刊》《中华诗词》《新华文学》等刊物,参与出版诗集《90后诗词选》《当代诗词十二家(第二季)》。

/ 我的诗词观 /

不违本心,还向高风倾意气;俯仰世事,偶托旧体寄平生。

赠吾子开扬（古风）

太初来从东流水，浩浩汤汤开路尘。
仰天声彻青云外，潮生气涌接星辰。
凭阑目与山共远，载笔行随日月长。
不问寒枝多几许，风高万里任鹰扬。

声声慢·早春客游西湖

兰舟漫解，柳岸轻回，经年旧曲谁思。薄絮春随向暖，燕子来时。闲愁总因故事，又何妨、细雨声迟。积雾里、伴一灯明灭、晓月应知。

且共烟波送晚，可记得、芦笙咫尺孤吹。鸟雀空歌左右，惯作分离。光阴正催客梦，趁黄昏、物换星移。自此去、渐路长风远，却问归期。

信息茧房

俗子才拙难知意，吾岂山中独饮徒。
掌内屏开方寸地，他方佳朋遥相呼。
心期更与颜色同，神交曲和声不孤。
桃源深处春方好，绮罗丝软裹形躯。
此间人皆乐正道，此外见识应不殊。
野鸟杂鸣不入耳，非我同袍尽可诛。
画地坐，观天乌，井深堪没一狂夫。
新蚕又结宵梦暖，山外清光照发肤。

蔡敏敏

蔡敏敏，复旦大学文学博士，中国诗歌学会会员，浙江财经大学东方学院中文系教师。曾受邀为海宁"紫微讲坛"主讲人、"南漾诗歌村"诗歌导师，讲授古典诗词阅读与写作课程。有诗词作品发表于《诗潮》《中华辞赋》《星星诗词》《诗词中国》等刊物。

/ **我的诗词观** /　　诗词于我，是情感的导火线，灵魂的避难所。

春日过关厢

春树照红墙,春浓日正长。
吾身多羁束,何处得徜徉。
莫弃诗笺旧,能留翰墨香。
且贪烟火色,一梦到关厢。

中文采风五年咏

千里关山处处诗,人间风物总相知。
河川满目皆豪气,草木逢春有好词。
万顷云天归眼底,百年文脉遇新时。
凭高谁会登临意,更许东南第一枝。

浣溪沙·咏南漾

十里熏风乐未央,珠骈桥上且飞觞。半红玛瑙正芬芳。
书卷满楼消永昼,笙箫一片醉诗乡。为君执笔写朝阳。

张惠琴

张惠琴，1995年生。字乐其，号桐君、浣桐斋。毕业于中山大学，英语老师。学诗于中山大学岭南诗词研习社，从师友研习声韵格律，结社交游，习作收入社刊《粤雅》。曾在2015年全球华语短诗大赛、2019年"蒹葭杯"诗词邀请赛中获奖，作品散见于中国诗歌网、《诗刊》《当代诗词》和《新快报》"岭南雅韵"古典诗词专栏。

/ 我的诗词观 /

一片吟怀，皆在词心。始乎情，依乎声，托身山野，寄形草木，复归纯然。

喝火令

题记：记甲辰正月十二羊城会高中故友，毕业十年后重见。

别后天涯客，飘随陌上尘。煮茶分碗说闲身。潘鬓可追年少，心事欲拿云。

但惜华胥远，休嗟往迹陈。履霜犹葆旧天真。十载愁空，十载梦如新。十载世情无准，肝胆尚馀温。

鹧鸪天·乘火车从兖州返粤

暮踏炎蒸去岱梁，星分巨野月悬塘。青厢一贯千原过，鹤梦三宵万古苍。

身已倦，夜何长，归程无梦到沅湘。山行倏着风云色，急雨微茫下北江。

霓裳中序第一·记十年填词心迹转变

曾经羡海客。梦入云涯天水碧。听浩渺，望无极。自天角乍临，此情初息。乡心未易。又旧愁新恨如织。情难遣，几多愁思，偶得应清律。

轻积。经年吟魄。倩故我、半消前执。休嗟年少耽癖。照水萦怀，听潮犹默，过眸成旧迹。适野趣、寻幽觅僻。还欣与，清风随伴，草木两无隙。

张学佳

张学佳,字卿若,号词仙生,人面桃花君。1993年生人。河北师范大学古代文学专业研究生毕业,石家庄市第十五中学语文教师。石家庄诗词协会成员,作品散见于《诗刊》《中华辞赋》《诗词报》等。

/ **我的诗词观** /　　顺乎自然,重在灵感,真于性情。

如梦令

曾记绣蜂穿线,受戒三千偏恋。十六载匆匆,如露亦终如电。寻遍,寻遍。弦震雨丝风片。

踏莎行·次韵叶嘉莹先生

步短堤长,舟轻声悄,西湖虽好如何抱。青山难息世尘心,灾年剩季逢时少。

灵隐钟云,雷峰石草,江南落定还须早。耐他风雪耐他寒,纵寒已算开头了。

喝火令

夜放花千树,人间已半生。倚天痴小恋梨亭,结发与君终老,不悔是多情。

喝火为伊醉,游园把梦惊。画屏深处又思卿。记得叮咛,记得不加冰,记得满船清梦,吹落一河星。

徐雪晴

徐雪晴，云南曲靖人，诗作散见于《诗刊》《民族文学》《中华辞赋》《中华诗词》《诗选刊》《草堂》《星星》《扬子江》等刊物，诗作入选多种选本，偶有获奖。

/ 我的诗词观 /

诗词于我，是心灵与自然的低语，是时光与情感的凝结。

浣溪沙·徒步

闻道天然是小营,半山烟雨半山晴。新禾滴翠柳娉婷。
飞鹭闲鸥皆放逸,波光云影尽空灵。青蚌跳上小浮萍。

清平乐·题昆明教场中路蓝花楹

是烟轻袅,是雾萦萦绕,是幻是真是梦杳,向人多少缥缈。
深窕谁胜蓝楹,婆娑最是紫英,莫问春归何处,我有花影倾城。

西江月·梨花

昨夜雨弹春曲,今朝风绽梨花,纷纷玉蝶立枝丫,素瓣些些飞下。
似雪清飘阡陌,如云影过篱笆。银霞树树笼田家,一抹烟村如画。

吴健

吴健，男，1990年3月生于云南省镇雄县，诗词爱好者，现就职于中国人民银行昭通市分行。作品见于《中华辞赋》《中华诗词》《诗词》《鸡鸣诗苑》《赤水源》等刊物。曾获首届重庆凤凰花果山诗词大赛优秀奖、"人生可宽窄，诗意任东西"诗歌大赛优秀奖、"三百山"杯全国诗词楹联征集大赛优秀奖。

/ 我的诗词观 /　　追贤悟己成行句，亦塑诗心亦做人。

叹暑气

柏路焦烟灼日红，林蝉沸语唱山空。
谁能解我三分热，蕉扇须开五档风。

鹧鸪天·新阅读

手捧终端电子书，翻篇停页尽随吾。触屏速写挥毫墨，按键轻敲码字符。

无数卷，一盘储，液晶平滑纸犹粗。光纤网络呼神器，云上书香不可辜。

古邦兴歌

雄城虽百里，汉韵已千秋。傲骨因风在，温情把客留。
家山称大美，故土蕴温柔：赤水清如锦，乌峰茂若裘。
魁星攀皓月，凤翅展灵喉。马店丹书卷，牛场白鹭鸥。
天坑居世外，石指摘星头。象鼻神工长，锅圈鬼斧修。
红杉多结豆，白果独盘虬。水浅游闲鲤，山高栖顽猴。
枝繁飞锦雉，草密躲斑鸠。郑氏桥阶绿，陇家院落幽。
云潮升旭日，竹海泛扁舟。隔岸观三省，闻鸡唱九州。
村庄兴实业，社组起高楼。铁道连乡壤，泥途铺柏油。
村村甜硕果，户户笑肥牛。致富纾时困，增收解众忧。
同心因共族，共族且同舟。万代穷根断，诸门懒政休。
同期来日好，不必问缘由。

彭哲

彭哲,河北邯郸人,文学博士,石河子大学文学艺术学院讲师,半亩塘诗社、风雩词社、青社、乾社成员,作品散见于《诗刊》《中华诗词》《中华辞赋》《当代诗词》等刊物。

/ 我的诗词观 /　　诗以真为重,真则诸法俱生。

泛舟湘湖（新韵）

吴歌堪向水香闻，白鹭流山各有痕。
晴雾放出一角暖，小舟行倚半蒿深。
湖风谁与我同坐，秋令初宜友共寻。
系缆无妨声渐远，犹能省忆此中音。

水调歌头·初至保定，有蒙蒙细雨，颇类石城

妆点天山雨，偏误保州城。从前珠泪，留待新旅始垂盈。羞记北湖香信，醉并景观楼影，游赏未深情。最是莲池道，步步向西行。

都聚成，今夜月，等闲明。流光千转，北四路上到三更。别后还多风月，别后还多知己，别后再无卿。一叶伤心处，万物作秋声。

选冠子·有故人津门乘车来

深院花飘，疏帘风阵，独坐南楼相待。一枝偶落，双燕惊飞，寒起幕云如盖。萦望归路渐遥，况是经年，病欺容采。向回廊掩寂，忽传笑语，漫盈门外。

还暗忆、醉便高歌，狂来走马，旧日心情难再。月华有照，星迹无痕，年岁悄悄移改。惟见多情故人，车赴秋期，酒还春债。带一腔乡语，轻诉青春数载。

周改红

周改红，网名馨雅，1981年生。洛阳女子诗词学会副秘书长，河南省大河诗刊社偃师分社执行副秘书长，连年被洛阳市偃师区文联、作协评为优秀创作者先进代表。作品发表于各诗刊报纸，有《当代诗词》《中华辞赋》《中华诗词》《扬子江诗词》《星星诗词》《长白山诗词》《心潮诗词》《东坡赤壁诗词》等等。

/ 我的诗词观 /

腹有诗书气自华，何须珠玉坠裙纱。
平生不羡王侯贵，竹影清风一盏茶。

咏芦花

生性偏宜一水幽,经年望断别离愁。
飘然不是无情物,看尽悲欢白了头。

遣怀(新韵)

扬帆韵海素心描,小字轻拈解寂寥。
着意风光如酒醉,行空思绪若云飘。
为丰秃笔祈天赋,欲卖清诗作自嘲。
撷采珠玑香染袖,忽惊明月挂枝梢。

西江月·浅夏有吟

滴翠露凝梧叶,点红风曳榴花。小楼闲卧惬听蛙。春去悠然迎夏。

变幻不惊时序,歌吟休叹芳华。一人一卷一杯茶。许我流年如画。

兰静

兰静，男，现居贵州省贵阳市。会计学硕士，文学博士。入选《中华诗词》第二十届青春诗会并获"雏凤奖"，骆宾王青年文艺奖，张家界国际旅游诗歌奖，樱花诗歌奖，野草文学奖及其他诗歌征文奖项两百余次。

/ 我的诗词观 /　　守正求变。

大连星海广场望海

渤水碧遥遥，烟波复几迢。
山低云熄日，海阔月生潮。
白塔牵船近，蓝鲸逐浪消。
昆仑何处去，天地一飞桥。

泸州游长江和沱江交汇处

再饮泸州酒，池多识旧君。
船逃江上噪，桂隐月中闻。
打水怀杨慎，登楼失陆云。
一朝秋坌至，枫叶煮如焚。

登梵净山

缆车接踵暮云垂，撑柱擎天两不移。
万壁烟峰驱雪浪，千帆木叶竖降旗。
倚山王气风前稳，处世人情劫后危。
归鸟低徊何所系，与桥隔涧眺丰碑。

卢星

卢星,别署惺惺阁,闽人,琐烟阁词研讨班成员,风雩词社、青社、乾社、珠江月青年诗词学会成员。

/ 我的诗词观 /

蕙风尝曰:"吾听风雨,吾览江山,常觉风雨江山外有万不得已者在。此万不得已者,即词心也。而能以吾言写吾心,即吾词也。"

桂枝香·过开元寺弘一法师纪念馆

秋榕清肃。对宝塔郁峨，空池寒绿。隐处香龛佛火，杳然深屋。云根铁笔悲欣客，念河山、行行高躅。夕阳芳草，长亭古道，几番心曲。

料经年、风烟断续。更尘起沧溟，栖老鸿鹄。一磬钟鱼，解尽恨愁千斛。小桥歌板堪如画，渐遥开、旅怀幽独。天心一月，孤光半尺，冷斜长幅。

满江红·自寿

三十年来，看过了、几多笑骂。堪点检、千痕词笔，不如潇洒。目失杯蛇皆幻变，事从蕉鹿寻真假。更浮沉、鲸海浪潮平，人潮咤。

烹鱼手，应无价。屠龙计，须高架。恐西风堆积，秋霜盈把。惟欲和齑食蜃蛤，休于干饭呼牛马。夜何其、或许梦醒时，春归也。

满江红

题记：癸卯九月既望，芷青宇婷自榕来泉，语笑数日，临歧别怀，因以为赋，兼寄怡昊。

洛水临歧，犹自听、车声沓沓。记花靥、玲珑如玉，留人一霎。白鹭微鸣孤独影，浮云欲上东西塔。认秋茄、千里碧迢迢，西风飒。

苍澜卷，寻鳞甲。沙上字，描花押。更远帆遥举，鸢飞鸥狎。临座新尝东海蟹，为君高挂南州榻。笑离思、留与月华书，何须拓。

张思桥

张思桥，男，江苏徐州人，1991年生，华东师范大学文学博士，现为安徽师范大学文学院讲师。曾获"徐州市首届十佳青年诗人""谭克平青年诗词提名奖""《诗刊》社《中华辞赋》杂志社2021年度青年诗赋之星"等荣誉。作品散见于《诗刊》《中华诗词》《中华辞赋》《词学》等期刊，著有《风雅流觞》《古典诗学与比较诗学》。

/ 我的诗词观 /

诗词贵于有情，情至则诗思不待而来，无劳苦搜。诗思既有，则章法为之佐吏，虽不务文字之奇，文字自奇也。

是日风雨大作，登八咏楼

为共青山慰远游，浙西风雨过斯楼。
千秋八咏两诗客，一夕相逢在婺州。

春日至芜湖十里江滩

古城春色对苍茫，平眺穹庐覆四方。
远木如绳分水际，轻舟若粒入诗囊。
一朝吞吐英雄气，百代萦回翰墨香。
惆怅风云江左逝，波涛犹自叹周郎。

木兰花慢·姑苏怀古

望姑苏胜概，任湖水、耳边横。叹香绮绫罗，娇娃粉黛，故垒音声。销魂三千越甲，想君侯埋剑古今平。一带乱山凝碧，兴亡都付丹青。

白鸥浩荡驭空鸣。萧瑟起幽情。忆青石落雨，乌篷走巷，红袖倾城。自古江东才俊，展经纶挥斥琢琼英。莫使穷途饮恨，当时破釜悬旌。

陈颖

陈颖，字鸣夏，1998年生。广东英德人，景观设计师。中国铭社社员，清远作家协会会员，英德诗社理事。作品散见于《湖南诗词》《当代诗词》《中华辞赋》《中华诗词》等。

/ **我的诗词观** /　　且夫水之积也不厚，则其负大舟也无力。

长相思·游清晖园二首

一

苔色青,天色青。水榭芭蕉暮雨零,游人侧耳听。
湖山横,湖波横。但见新荷满目生,水车终日鸣。

二

雨微晴,天微晴。石砌苍台客子行。新荫正满庭。
湖山青,湖波青。隔水游廊三两亭,紫薇花下停。

清平乐

临窗花满。双燕新声软。细雨潇潇风渐暖。槛外香痕轻浅。
春来是味清愁。黄昏还忆同游。小径苍苔一片,新荫重上楼头。

曹钰莹

曹钰莹，2002年生，曾任岭南师范学院诗文书画协会会长团负责人，兼任社刊《太阳谷》主编。有作品见于《中华辞赋》《当代诗词》等。

/ 我的诗词观 /　　诗歌是直指心灵的艺术，感受是基于自身记忆的再发掘。

梦 醒

小立长街灯霎熄,温柔梦境渐凋零。
不知此夜从何记,风晚衔来一颗星。

小星星

黄昏燃尽月光醒,十指双针未抵零。
错落音符掀北斗,为谁重奏小星星。

青 春

无火无灯无月夜,无名歌者亦无名。
麦为书卷台为椅,沉醉星河溺眼明。

陈怿楷

陈怿楷,号乾坤一介子。上清道士,道名陈明贞,现住庙北京修行。

/ 我的诗词观 /　　微云碧落,朗月疏星。

癸卯冬月朔，余冲寒冒雪，独往白云观烧香，拜吕祖、文昌帝君，成三首。

一

鸡虫世界白云空。万古长春清静中。
归时踏雪茫无赖，怅缺梅花几点红。

二

梦觉黄粱枕上惊。可怜皓首为功名。
一朝飞剑无明断，也在人间扫不平。

三

命带文昌运数奇。飘零书剑鬓成丝。
旋知今古才人病，纸上苍生呕血诗。

甄艳芳

甄艳芳,网名雪落无声,女。邯郸市诗词楹联学会副会长兼秘书长,中华诗词学会会员,河北省诗词协会理事,河北省楹联协会常务理事,河北省十佳诗人,邯郸市第十三届政协委员。作品发表于《中华诗词》《燕赵诗词》《新建安诗刊》《邯郸日报》《邯郸晚报》以及各网络平台。

/ 我的诗词观 /　　眼前景、心中情、诗中意,吾诗言吾心。

听　雨

天高三万尺，落下亦含情。
多少云心事，窗前仔细听。

赤水湾忆诗友

此处徘徊为哪般，浮冰摇碎水心间。
无端一阵相思起，越过青云又远山。

与云居诸友登三台

暑日邀朋故地寻，二乔未锁枉春深。
阶残难觅六朝阔，洞浅何猜万马喑。
无迹旧城漳水掩，多情老树日光沉。
古来多少兴亡事，铜雀台高亦不禁。

伍思鹏

伍思鹏，2002年生，江西湖口人。入选《中华诗词》第二十届青春诗会并获"雏凤奖"，曾获全国诗词联大赛奖项五十余次，作品见《中华诗词》《中华辞赋》《当代诗词》《星星·诗词》《诗词》报等刊物。

/ 我的诗词观 /　　镌刻时代印记，凝住生命轨迹。

踏莎行·想起深圳打工的父亲

梦雨回春，车轮转夜，喇叭声醒人潮泻。漂流路口不归家，有时我亦温前话。

记忆之中，暖灯之下，掌心易卜他年卦。远天最远故乡南，远方更远风于野。

念奴娇·示我照片

一场告别，与微风味道，小城墙壁。长记少年图画簿，认得前生踪迹。渐远家乡，渐更牌照，高速前行的，青春车辆，你将奔向何域？

误入玩偶空间，温馨世界，在听谁呼吸。射眼橱窗花束冷，或有虫声游弋。帘幕新遮，炽灯永锢，夜晚铭于册。浔阳之旅，梦魂迷漫江国。

花犯·樱花

管弦声，行人搁浅，身躯溺街巷。梦中游漾，如电影光圈，决定成像。故怜坠粉随春涨。嫣然谁见访。再省识、绿衣容鬓，东风追过往。

慵眠殢娇记深盟。飘摇未稳睡，何堪凝望。花面好，词笺种，香泥之上。来年后、墨痕印暖，太阳下，千枝生幻想。是旧我，蝶裙新刺，晨歌听又响。

阚志威

阚志威，号仰梧斋，江苏徐州人。宋社副社，乾社社员，江苏省高校文学社团联席会青年顾问。入选《中华诗词》第十九届青春诗会并获"雏凤奖"，入选"第一届国诗创作大会"。作品散见于《中华诗词》《连云港文学》、中国诗歌网、《诗词》报等。酷爱倚声，瓣香南宋。颇喜操缦，师自广陵琴派。

/ **我的诗词观** /

笔下有新意，字间显襟怀。要在批判继承旧有诗词作法的基础上创新，贴近现实。不光注重对传统的学习，还要坚持培养文心文气，提高气格。眼含诗意，心存热忱。

思佳客·重访母校留别诸师友

小苑肥蕉夹道垂，衣尘赖有水风吹。飞来前度琴边蝶，傍著今宵竹下杯。

灯澹澹，雾迷迷，踟蹰未忍卜佳期。芸窗情话三更雨，开落桐花第几枝。

蓦山溪·答孟解颐见寄

梨云褪雨。帘卷春无绪。久病近清明，想南湖、鹅黄万缕。溅裙人远，亭外正蘼迷，芳草路。山欲暮。鹤影今何许。

栖迟烟水，一笑留仙鹭。风定夜移灯，敛翠袖、香笺敲句。忍孤幽约，恁日泛沧浪，星海澹，花满渚。携酒携琴去。

渡江云

题记：胡馨沅工书善箫，与予素有雅谊。别来契阔，作此寄之。

横塘香絮满，楝风歇了，蓦忽又春迟。浩歌烟渚上，酒污凉衫，去岁握兰时。山云缓驻，渐向晚、微雨冥迷。欹玉楼、赤阑寥索，渺渺鹧鸪啼。

遥思。灯昏蜡纸，人定书帷，倩银钩寄意。追念频、清茶烹雪，玄羽调丝。疏梅吹落中庭冷，映两袖、清影参差。花里事，寻常未问来期。

高远

高远，男，字子航，号归来堂主人，1997年3月生，甘肃漳县人，中共党员。现为甘肃省作家协会会员，甘肃省诗歌创作研究会会员，甘肃省诗词学会理事，定西市作家协会会员，定西市诗词学会常务理事，漳县作家协会第三届主席团副主席。作品散见于《星星诗刊》《当代诗词》《长白山诗词》《东坡赤壁诗词》《诗词报》《兵团日报》等。

/ 我的诗词观 /

诗词，是心灵的吟唱，是独属于中国人文化基因里的浪漫表达。

暮春村色

山畔云低细雨凄,梨花香淡客途迷。
归来只为和春住,红紫商量十里堤。

夜中疾书

诸子何书羡鬼雄,鲜衣携剑倚长风。
诗从贤圣遗音孕,道济黎元好句工。
无论沉浮能入世,岂因疾病似飘蓬。
须臾前路高歌里,一梦江湖白发翁。

疏影·冬夜有怀

玉容不识。想那时舍北,笺上心迹。只道如今,更少知音,薄衣独守昏夕。诗家似爱庄骚论,但可惜、与谁参索。见小园、一点梅丛,足引驻边吹笛。

应念归来煮雪,教人去旧国,忧乐相集。休叹华年,须会孤鸿,同逐海云风日。关山无限伤离苦,正欲试、东君词笔。算几番、客里初逢,遗恨赋情难觅。

王黎娜

王黎娜,字希颜,吉林松原人。铭社常务理事。现供职于湖北报刊杂志社。作品散见《词学》《中华书画家》《诗词》《诗潮》等期刊。有《光影掬尘室诗词》待梓。

/ 我的诗词观 /

以填词自熹。论词以雅正为归,亦须能见自家面目者为上。

鹧鸪天·茶亭临江仙赋秋日玉兰一调，见而爱之，因邀芸馆同题以和

过尽纷华百感仍，才堪著雨复云蒸。归无海客槎停岸，留恐天妃夜剪翎。

红澹澹，玉盈盈。便重来向死边生。杯中月共阶前影，不是春风也动情。

满路花·月

江南浩荡花，江北参差雪。一方春界断、堪清绝。琉璃幻影，影底千山折。但分天地阔。也莫朦胧，误他几度芳节。

年华如水，暗浣香笺血。沉吟思罔极，和光接。东君却曲，迢递泠风切。圆缺今谁说。有情为何，照人还照人别。

玉京秋·题石涛《千山红树图》

秋瑟瑟。残阳远天没，乱峰凝赤。老石青皴，薄云淡扫，荒林岑寂。寒叶纷纭似蝶，任霜风、摇落无息。纤尘隔。锦怀难托，旧游长忆。

寂寞江南行客。料应疏、前朝月白。立尽千山，商音何处，清泠泠滴。俗世羁縻，怎解得、心底幽思绵幂。意难释。还共昏鸦晚笛。

蒲照灵

蒲照灵,字玄玄,号奏火轩,网名晏卿云,零零后,淄博人,喜清诸家。

/ **我的诗词观** /　求新者当从定法中体悟佳作之要妙以创造出更多美的样式,而非弃之为桎梏。

祝英台近

澹烟天，衰柳地，鬓影簪秋色。经眼风酸，惜乱吟花客。正消四韵裁成，三秋凋尽，又还被、所酬疏隔。

日西昃。可怜薄袂兜寒，怀抱齐萧瑟。说也无人，催去从浮白。次第销煞多情，彻天秋思，算原是、为君病得。

渡江云

霜秋报梧叶，凋垂肩井，次第更荼蘼。背君人重到，寂泊西山，寻恨正相宜。湖陂烟渺，曾携看、荡月摇枝。风袂举、乱天寒峭，吹紧月沉时。

愁漪。相从前度，受吻诸余，记誓无半拟。但指说、槛寒树影，及老花期。多情元自空沾惹，向暝里、费煞徘徊。明日也、还应此地依随。

水龙吟

冒烟沉潦斜阳际，黄叶正堪纷舛。雨过狼藉，草陈润潺，彻天湿遍。独自西山，搜吟无度，秋怀历乱。算几番重来，倩君未与，多情被、风吹碾。

还记山亭约见。对羞容、等相顾盼。移瓶红柳，缀鬟翠菊，而今凋换。残照回云，濯枝凝冷，一声孤雁。把瀼愁萎思，诳齐宋玉，入悲秋卷。

魏暑临

魏暑临，中国语文现代化学会常务理事、语文教育专业委员会副理事长、中国成语文化研究会理事，中华诗词学会会员，南开大学吴玉如艺术研究中心研究员等。著有《书坛巨匠吴玉如》《"津门三子"与荣园》等。

/ **我的诗词观** /　　情怀处知言与忘言之际，境界在有我与无我之间。

浣溪沙·题兰

避世光阴爱晓窗。轻拦霞色入文章。题兰笔底透兰香。
静处茶烟偿字债,早辞蜂蝶探诗囊。吟风感物自寻常。

山花子·庚子处暑偶成

一夕新凉爽气浮。诗情隐约去还留。小坐无心仍注目,月垂钩。

快慰迎来无限意,从容闲置许多愁。动笔初成如意句,已然秋。

踏莎行·桃花

才捻瑶笺,正寻花露。东风代柬邀芳树。晓来持盏采冰心,遍斟千朵如轻诉。

晕绿匀红,浅林清雾。流光忍把韶华误。缓抬兰袖饮花汁,花期永与诗心驻。

李盼德

李盼德,1993年出生于河南洛阳,城市建设者,工程师。有旧体诗词刊登于《诗刊》《诗词报》等,诗歌获选"中国诗歌网"每日好诗。

/ 我的诗词观 /　　气盛言易,诗从字顺,古之文式,可赋新思。

观　菊

自在园中绚烂枝，清风落日赏秋迟。
花期本是无前后，骨相因人各有时。

石门十一月

细雨风穿秋夜凉，零星落叶走街长。
擦肩入耳同城客，语调乡音近洛阳。

踏莎行·郊外深秋

　　数岭征风，横江捕月。寥寥雁影云中别。如刊石上遍寒霜，远灯萧瑟秋时节。

　　望去轻烟，飞来盈雪。漫天自此空林绝。年年构树劝相思，凭谁长落相思叶。

秦行国

秦行国,1993年10月生,湖北仙桃人。湖南大学岳麓书院历史学博士,现为北京师范大学历史学院博士后。发表论文十余篇,出版专著一部。

/ 我的诗词观 /

钟嵘在《诗品》中所言"观古今胜语,多非补假,皆由直寻",直寻是诗词创作的精妙之境,在积累的的基础上,需要探索诗词的直寻之道。

逢友人大婚，遇雨，有寄

东风浩荡雨飘萧，遍说良人廿四桥。
北海重遮深浅树，中原又见往来潮。
扫眉蜀女笺应美，回首周郎曲自标。
欲写新词何限意，好随春浪夜过辽。

癸卯秋访章太炎故居

海内攸归一望连，提封终古看花天。
杳茫秋色凭高馆，迤逦湖光入晚烟。
蹈海已穷经略术，焚山犹见乱离年。
群材绪业今何济，来访訄书国故篇。

注：訄书国故，章太炎的《訄书》《国故论衡》。

临江仙·小园漫步

小院絮如飞雨，清池水似寒琼。珠帘十里见春风。晴云连日好，花影霎时红。

谢氏才人惊笔，曹家词客遗踪。平居惆怅景西东。依稀京国树，烟起万千重。

孙彦学

孙彦学，字艺通，号锦秋子，山东滕州人，居淄博，正一净明派二十六代弟子，现为聊斋诗社副秘书长，师从津门王蛰堪先生习倚声，曾获第五届诗词中国传统诗词创作大赛古风组二等奖，部分作品见于《诗刊》《中华辞赋》《2020诗词日历90后诗词选》。

/ **我的诗词观** /　　一代正宗才力猛，风流万古阮亭诗。

拜谒王渔洋先生墓

西风萧瑟冷秋光,衰草残云绕墓旁。
惟恐诗魂多寂寞,自焚吟稿祭渔洋。

春　游

旅迹青山下,春来芳草萋。
人家烟外隔,客路石间迷。
雨歇花初绽,云开翠影齐。
林幽空籁寂,斜日挂瑶溪。

登晴川阁

玉阶阆榭映长空,远眺蓬樯万里通。
水脉远传昆阆域,江流近傍禹王宫。
波涛荡漾层峦下,烟露朦胧高阁中。
便拟乘槎云汉外,遨游天际挹清风。

李娜

　　李娜，网名红炉添雪，八零后，上海市人，常年客居他乡，公司行政，兼职翻译。曾获第四届"诗词中国"传统诗词创作大赛一等奖、2021—2023年白雀奖季度一、二、三等奖等奖项，作品散见于中国诗歌网、《诗刊》《长青诗刊》及各诗词公众号。

/ 我的诗词观 /

诗倡中西兼具,今古相容,生活为体,性情为核。不失雅,不避俗。沉浮悲喜,自寓其中。

灯　光

黑绒垂幕入微茫，绣出金莲挹露凉。
各自寄身楼海里，为谁开在夜中央。

盲　盒

方寸乾坤待尔开，从来际遇渺难裁。
薛猫两可随机变，庄蝶一时循梦回。
聊卸尘烦销岁月，何干世相换凡胎。
明朝孰是秋同款，留与霜风细细猜。

扬州慢·导航

题记：导航提示："虽然前方拥堵，但您仍在最优路线上。"

柔语宽怀，蓝图画梦，行来跌宕江湖。向前方塞塞，算底处荣枯。嘱慢驶、天涯不远，乡音暄暖，聊慰虚无。共年光、霓影深街，看碧成朱。

武陵事杳，纵回身、改道何殊。望十里红尘，如吾千百，莫计赢输。岂效步兵叹喟，随推衍、风雨修途。想停车俄瞬，花开一似当初。

吕丹丹

吕丹丹,安徽阜阳人。安徽省诗词学会诗教工委副主任,阜阳市诗词学会副会长,阜阳市老年大学诗词班教师。入选《中华诗词》第十九届青春诗会并获"雏凤奖"。著有个人诗词集《浮烟小集》。

/ **我的诗词观** /

歌兮哭兮,到底两行真我;琢也磨也,无非一片痴心。

菊三首

一

西风篱栅抱寒开,杀尽百花何飒哉。
为待年年重九日,人间万古报秋来。

二

居卜篱边好避乖,平生难得应时开。
已交陶令为知己,哪管蝶儿来不来。

三

一丛一簇筑金台,羞共群芳向暖开。
不是生来偏爱冷,只因身价靠霜抬。

吴佳骏

吴佳骏，2003年5月生，江西临川人。现就读于中山大学逻辑与认知研究所。入选《中华诗词》第十九届青春诗会、全国大学生迎"大运"诗词大会。

/ 我的诗词观 /　旧体诗在遐久的使用中已参与庞杂话语，其当前生态亟需以新的言说建构更具深度的经典空间。

车过群山遇雨

长如万世远如烟,春雨模糊只欲眠。
山色几曾青入梦,至今深不似人间。

清明野钓

一途春草没芳丛,拂面风来看却空。
日暮池塘光渐软,万山退入晚烟中。

下株山见湖水

孺子台前多楮木,野芳春意久檠桓。
才知重岫消残雪,静待林烟拟旧观。
云影终随縠纹远,群山不奈水波寒。
满堤草色因风起,流入湖心画里看。

曾雨冬

曾雨冬,网名慕亭风,四川广安人,1994年生,曾获《中华诗词》第四届"刘征青年诗人奖",入选《中华诗词》第十九届青春诗会。

/ 我的诗词观 /　　诗是文字的摄影,滤镜和后期处理也不可少。

那时我们还年少

青涩流年笔下经,斜阳窗畔透春樱。
拼音缩写遍书册,都是前排少女名。

刺 客

飘扬裙角忽然至,笑漾春风相对视。
朝我胸前开一枪,伤疤结做朱砂痣。

路过她的老家

几处檐铃萦旧宅,数年去后不曾来。
桃花满树生红锈,院角风前寂寂开。

张吉超

张吉超，笔名北辰，生于1992年，吉林辉南人。吉林省诗词学会理事，理论评论部副主任，辉南县诗词楹联学会副会长。入选《中华诗词》第二十一届青春诗会并获"雏凤奖"，作品散见于《中华诗词》《长白山诗词》《诗词》等刊物。

/ **我的诗词观** /

一写心性之孤，二写山河之美，三写苍生之念，此吾诗之道也。

赴衢州道中又到西湖

西湖又相看，怜似旧时人。
行与吴山近，坐同苏月亲。
天光归塔影，柳手拭风尘。
顾我云途远，尤盛夜色真。

记游龙门石窟

伊河列岸阙门开，万窟千龛剩玉颓。
宝像凭猜真武曌，残躯难辨老如来。
刀从北魏雕禅境，月自前唐照佛台。
浑觉画中人是我，痴痴相看忆轮回。

浣溪沙·西夹荒暮春行

微雨浓云柳径深，烟溪汩汩叠清吟。山如隐士水如琴。
杏鼓桃膨花世界，莺怡燕恰鸟森林。独怜佳处我知音。

刘净微

刘净微,笔名红泥小炉。教育硕士,河北保定教育工作者。诗词爱好者,中华诗词协会、河北省诗词协会会员,半亩塘诗社、子曰诗社等社员。诗词作品散见于《中华诗词》《燕赵诗词》《中华辞赋》《诗刊》及市级刊物。在诸多赛事中偶获小奖,在中国作协《诗刊》社、中国诗歌网等主办的"让诗酒温暖每个人"全球诗歌征文大赛中获银奖。

/ 我的诗词观 /　　净祛浮躁,微笑生活。

浪淘沙·戒台寺随想

第一戒梳妆,第二文章,第三戒去梦黄粱。四十年来修福慧,戒是良方。

春戒落花殇,秋戒流霜,独行戒去苦思量。大抵古人知止处,能失还忘。

鹧鸪天·火山杨

一种卑躯破寂寥,眈眈劫火伺焚烧。心藏野马尘埃色,节错云晴风影刀。

川莽莽,石巉巉,人烟绝处我为皋。有何不可长遗世,扫荡秋声上九霄。

沁园春·行舟湖上

舟小波平,篙点红蓼,蓼渐一痕。又山容倾倒,拨云生影,草香扑袭,落水成纹。酒意微阑,娱情未懒,小扣兰舷唤锦鳞。琉璃下,料蛟龙好客,虾蟹殷勤。

风流当效山民,远芜秽,临流寄此身。养藕深蒲软,细烹真味,鳖肥鳝健,慢煮黄昏。无事闲邀,二三知己,过雨湖心垂翠纶。凝眸处,有青鱼献舞,玉笋擎樽。

许禹睿

许禹睿,笔名吕克,2004年生。曾任西安交通大学东亭诗社社长,获2022年"聂绀弩杯"大学生中华诗词邀请赛特等奖、第四十届全国大学生樱花诗歌邀请赛三等奖、2023年滕王阁金秋诗会诗词征集大赛三等奖等。

/ 我的诗词观 /　　以古典之形载今人之魂,借千年格律言当下所思。

登太乙山

海内空多垒,纠纷殊未平。
人径来断续,岩势转分明。
野气沉群谷,春心折棘荆。
山中犹域外,可以瞰围城。

打工下班

雨影车声入夜凉,站台默坐转彷徨。
于今亲友无多处,是我平生第二乡。
阶下行灯频照水,眼中迷雾已溶光。
年年踪迹浮人海,俯仰心期愈渺茫。

点绛唇·小城新年

青涩天空,泪痕轻剔琉璃壁。归来行客,侵蚀城之寂。
想象朱红,光影循陈迹。城之隙,削残铅笔,曲折新书脊。

夏良齐

夏良齐，笔名半亩浮生，贵州阡城人，1997年生，作品散见于《诗刊》《中华诗词》《星星》《诗选刊》《诗词月刊》《朔方》等，曾入选《中国诗歌网·每日好诗》。

/ 我的诗词观 /　　平平常常地去书写记录那些触动自己内心的人、事、物。

杂　记

寒天欲晓出青城，辽阔荒原独远行。
长路中分千里雪，白羊半应一车鸣。
岂因萧瑟兴愁咏，但借奇观作壮评。
冷冻浑然全忘去，流连拍照晚归营。

台站生活杂记（新韵）

小房四季饱三餐，风景言说另一番。
石磨无声墙角置，鸡禽挑斗院中欢。
殷勤身僻心长热，肆意霜侵叶更丹。
唤醒微波承重任，嘀嗒亦护战鹰安。

送别战友

柳营奋斗已经年，不负青春有此缘。
四季凭时空自转，千帆随势只能前。
役期满矣直挥别，战事危兮再攥拳。
重潜祥和烟火里，月明最是故乡圆。

陈晔

陈晔,字汉炯,号西塞山人。祖籍湖北黄石,现旅居澳洲。曾负笈京中,学诗于褚燕南。闲以诗词自娱,偶有获奖。现为中华诗词学会青年诗词工作委员会委员、湖北黄石诗词学会理事。

/ **我的诗词观** /　　愧无佳作百千首,幸有知音三两人。

香山黄栌

列阵崇山峻岭中,旌旗十万傲西风。
千花百木凋疏尽,才识初心一片红。

冬月寄友人(新韵)

我度长赢君已冬,君心应似我心忡。
三更月色十分满,一样幽思万里同。

行香子·七夕

　　初月如钩,暮雨如丝,客情佳节总参差。秋来春去,物是人非,忆眼中人,庭中景,袖中诗。
　　云笺雁字,星桥鹊翼,万里关山欲何之。新开红豆,旧酿酴醾,但更谁采,共谁醉,为谁痴。

庞卓镔

庞卓镔,广东湛江人,毕业于中山大学。作品入选《中国诗歌网旧体诗·每日好诗》《诗词周选》,并发表于《诗刊》《中华辞赋》。

/ 我的诗词观 /

百尺游丝悬碧空,浮名只似马牛风。
垂帘永日消香篆,我亦人间一放翁。

听　琴

松风指上有清音，曲罢寥寥何处寻。
却似老僧年八十，不知文字只观心。

登　山

吾乡无山水，惟北有一丘。微微浮苍翠，如天载云舟。
风神虽寂寞，下映清池流。萧散一登临，时时得忘忧。
大地阒苍茫，城郭人民稠。华屋与陋室，相填盈道周。
富贵如不致，贫士安所求。白日忽飘落，浮生怅悠悠。

春郊行

少年二十非白皙，声名实难致辉赫。
邻舍作乐漫喧呼，病眼读书差无益。
青郊春事尽烂漫，且可逐蝶任所适。
荒坟杂花叶翻翻，日光相射亦狼藉。
午风东挟暖气来，一豁平生胸襟窄。
浮云在空远澹淡，已想搏击高飞翮。
君不见人生出门虽异路，百年委身皆丘泽。
纵不饮酒放志意，安能奉帚为门客。
垄上农夫是所亲，世间富贵真火宅。
欲听寒风清我魂，明日更临山水碧。

蒋润

蒋润，男，1996年生，武汉大学文学博士毕业，现居深圳。2016年入云南翠微吟社，2018年入珠江月诗词学会青年学会。曾获第九届黄鹤楼诗词大赛一等奖，作品散见于《诗刊》《中华辞赋》等。好诗词，喜书法，热爱传统文化。

/ 我的诗词观 /

"诗有恒裁，思无定位"，固当学古以增其雅，精思以极其变，吟咏情性，万古常新。

莲 蓬

一枝绿玉结莲房,中有东湖十里香。
细嵌流星深夜后,蜻蜓小驻拂微霜。

湖 上

春风别湖水,剩有碧蒲生。
小屿波心荡,轻凫桥下行。
缓寻幽径去,闲眺远山晴。
坐久觉神静,时听飞鸟声。

樱 花

繁苞低缀数枝斜,骀荡东风欲作花。
暖律浮灰初动色,清霜碾玉渐成芽。
春山影嫩含幽梦,碧瓦窗明带晓霞。
一顾芳姿真绝世,年年树底走轻车。

程悦

程悦,女,1992年生,新疆乌鲁木齐人。北京大学中文系博士。中国社会科学院语言研究所博士后。曾任北京大学学生社团"北社"社长。中华诗词协会会员。诗词发表于《扬子江诗刊》《中华辞赋》《诗刊》等刊物。

/ 我的诗词观 /　　诗心不死长为照,万首归来境自生。

贺新郎·秋

飒沓归风紧。下西楼、团灯微照，曲街深隐。郊外痴蛩吟孤句，宿暑残宵一瞬。夜未觉、天河星迅。去岁枫题无寄所，又斑红、古树将飞烬。惊月觳，洒霜刃。

幽光销骨尘销鬓。想长沙、湘波伤吊，瘴烟无尽。辞客空衔羁愁老，回望浮云未允。赋不及、登楼故引。残锦零星君莫怨，为商声易惹离鸿恨。藏彩笔，梦休认。

国香·水仙

落日楼头。被幽鸿照影，腻雪吹眸。冰瓷浅遮青绿，露滴圆柔。却向空寒绝处，结金杯、酽满玄丘。天涯醉多少，野树霜庐，沧海云舟。

飞仙归去也，任粼波弄白，珑月莹钩。遗香凝骨，千里堪寄荒愁。岁尽生春寂寂，此夜听，星魄周流。罗尘更无迹，草木浮生，大块遨游。

庆宫春·元夜

紫萼燃空，红莲浴月，彩帷堪压星河。何必庭燎，无边雪树婆娑。银花绕指飞如昼，欲写春、春已颜酡。待重归，遍起芳菲，遍洗沉疴。

中宵夜净鱼龙睡，渐阳倾斗柄，霜映云罗。未减重寒，明朝更与谁多。乘槎还逐征心去，赴穹天，万里鲲波。料平生，半抵流年，半倚长歌。

夏虞南

夏虞南,字云安,四川峨眉山人。中国社会科学院古代史所国资博士后、助理研究员。清华大学人文学院历史系出土文献研究与保护中心历史学博士,清华大学人文学院汉语言文学学士,清华大学清莲诗社创始人。试读《诗》《书》,学治经史,习甲金简帛,好南琵琴瑟、汉唐乐舞、宋点瀹茶。

/ 我的诗词观 /

柢古学以通今,冶自然以寄情,愿观物微而托玄远,复借天真之妙以澄心。

小雪夜忆津门马蹄湖秋荷

绿叶长波犹有迹，俗柯脱尽了无衣。
莲心不老身虽去，乘月诗神化梦归。

大寒所思

小隐冬寒醉，山岚卧起迟。梅花飞岭上，春色破华枝。
书蠹多犹悔，道心安且痴。清源随朴返，佳日未曾知。

朝玉阶·咏剑气

序：少年不识愁滋味，总觉剑气贯彻，上可意气风发，下可回身揽月。不知剑气精微，仅道剑意潇洒。轻狂春秋三十载，攒来开府万斛愁。庾开府《愁赋》佚文"谁知一时心，乃有万斛愁"，东坡《文说》"吾文如万斛泉源，不择地而出"，两相对读，愁乃文心一种，若有心如泉源，文章笔赋当若不择地出的泉源，东坡壮语，当击节赞叹。用剑如用刀，唯快意恩仇，而不知轻重徐急，故以为所谓心事踌躇独属少年郎，俟其老也，血气既衰，则可休也。殊不知，长夜中，剑气青芒独自收。此若青山因雪白头，朱颜一朝辞树，方显老成心事。挂剑室主评此词当存"少年之纯真进化为老成之智慧也，如黄庭坚'心源不受一尘侵'，亦保任之智慧也"，少年用剑者鲜有考虑保任，想必余痴傻呆气，少年心源至今未改尔。

挑动春风且放舟。似银龙猛矫，笑王侯。回腰飞雪掩温柔。翻身追月去。少年游。

欲将潇洒写风流。轻狂多少岁，万千愁。云何心事老方休，所思长夜里，剑芒收。

蒙显鹏

蒙显鹏,1988年生,广西贺州人,现居桂林。日本九州大学文学博士,现为广西师范大学文学院副教授,唐社理事。诗词散见于《诗刊》《中华诗词》《中华辞赋》《当代诗词》《青年文学》等刊物。

/ 我的诗词观 /

尽力深入传统,把写诗当成书法,把书法当成写诗。

访冯子材故居

白首冯公尚守边，桓桓老骨独扶颠。
将军一世无遗憾，独恨闲过甲午年。

黄河湾

何曾九野感飘零，独往苍茫日已暝。
横卧乾坤湾上草，大河一夜荡疏星。

夏凉有感，时将远行

柳条已觉被风拘，蝉老将同木叶枯。
漫认春联多拙字，自叹旧学异时须。
抚头小子如苗长，笑面邻婆隔日无。
只有青山相对碧，烟霜闲阅似僧趺。

罗明卢

罗明卢,字敏仲,自号梦圃,癸酉年生,籍贯湖南,大专学历,诗词爱好者,中华诗词学会会员,建筑工人。初习古风,而后专攻律体,皆自学。作品多发表于中华诗词学会官网、中国诗歌网、中国词网等平台。规矩之内锐意创新,有自成一家之志。

/ **我的诗词观** / 平生专攻律体,坚定守正创新。与其随写百首,不如精作一篇。

夕 时

落日染霞红,斜晖映水中。
连山描黛色,归鸟入林丛。
晏坐摩芳草,闲行沐晚风。
疏星回望处,朗月渐升空。

工地暇日咏怀

莫感飘蓬命运微,风光满眼不相违。
西山隐隐轻烟起,东涧溶溶白鹭飞。
垄上田翁行晚道,汀前钓客对斜晖。
武陵源里何须去,陶令来斯未必归。

清平乐·新尝樱桃

春光渐去,别意无重数。犹记当时花落处,一任微风细雨。

而今果满枝梢,青红相间妖娆。远客初来树下,欣然摘取樱桃。

卢清辉

卢清辉，号赤仄盦，2002年生，河北任丘人，承社、唐社、秦社等诗社社员，热爱诗词国学。曾于华北五省人文知识竞赛、爱江山杯、一带一路"西凤酒"诗词大会等比赛中获得奖项，部分作品见于《当代诗词》《琢玉诗圃》等刊物。

/ 我的诗词观 /　　真正的诗不仅映射着当下，它们也伸展向未来。

旧　游

晤梦当年事已非。重来墟迹忆霏微。
屏前但觉风裳冷，海上虚闻化鹤归。
阅世沧桑云几幻，浮生牢落誓多违。
蓬瀛此去无青鸟，樱灭华池芳讯稀。

除　夜

吾台去就两经春。翻向天涯孑此身。
百面盈虚亦非我，廿年心迹恐成尘。
偶来化鹤归桓表，漫对烟花断夙因。
说尽沧桑真梦呓，夜阑独抱一灯亲。

十二月二十五夜

寒芜烟树感悠悠。独倚苍茫傍水楼。
大月当窗千牖静，暮天如海一灯浮。
层崖蜃气迷孤艇，惊浪矶头飐白鸥。
合眼箛声生远思，更添怊怅忆沧州。

章文成

章文成，1994年生，笔名白居尘、诗不太白，江右人现寓居云南建水。翠微诗社成员、云南诗词学会会员，临安诗社副社长，古典诗词爱好者。

/ 我的诗词观 /　　命虽一芥天难定，局不终盘棋未输。

车站枫树

站前灯影树垂垂,看此飘零久蹙眉。
我似黄枫将落叶,客心一片不禁吹。

书　房

高楼鳞次影幢幢,暂寄烦纡遗远邦。
清夜一橼人坐久,月船搁浅小芸窗。

淡季守店

翰林街角老衣坊,罗雀门庭落叶黄。
倒履迎宾徒卖笑,守株无计望开张。
营生犹愧上和下,积蓄难供车与房。
我亦画牢穷己志,几平门店是行藏。

刘一瑭

刘一瑭，1990年生，中华诗词学会会员，中华诗词学会科技与文创诗词工作委员会办公室主任。热爱传统文化，热心公益文化事业，十余年来组织百余场公益文化活动。

/ **我的诗词观** /

愿你我皆为古典诗词的传承者，让五千年的诗情画意，继续书写新时代的生命长卷。

乡　居

信步山田畔，悠然赏菜花。
遥闻鞭炮响，迎客敬新茶。

登香山

天青云淡好风扬，不畏登高径路长。
丹桂飘香枫欲染，金秋胜景动心房。

春　日

春日百花相斗妍，红黄蓝紫正堪怜。
何时煮酒山林院，不负人间四月天。

李辛楣

李辛楣,本名郑东威,1997年生,安徽阜阳人,现居温州。

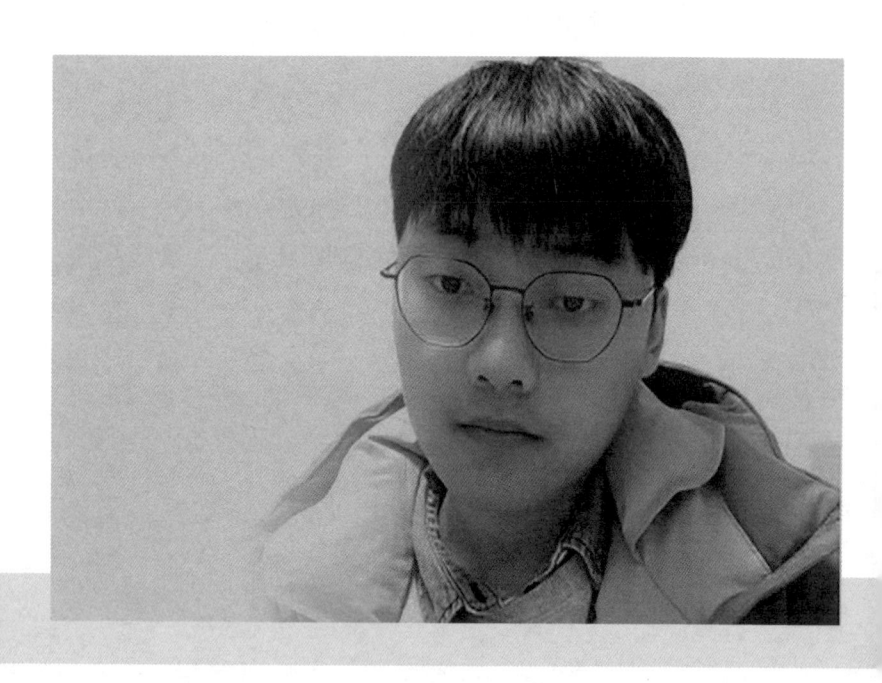

/ **我的诗词观** /　　诗歌是每个人的悲欣交集。

故乡的夜

去国生涯改，回乡月令同。四山皆逆旅，一壁有悲风。雪冷纷其夜，灯昏稳在空。几时酣饮罢，欹侧故人中。

满江红·与友登洞头望海楼用姜夔平韵格

抬眼高楼，人正在，鸳瓦五层。浮空处，斗连丹柱，拱驾飞甍。缥缈长风将下世，群山流翠动如倾。问遥天，冷寂向何时，能再晴。

楼修后，车辇更。太守去，野狐行。怅此时风景，非复初成。纤介形骸来尔我，尘寰人水渐零星。待他年，与子订新盟，须鬓青。

松江谒陈子龙墓

天风浩漫漫，长空雨余青。当年丝竹地，此时水一汀。公名天下重，少日得宁馨。才过李何辈，负气纵神形。尔时干戈起，北虏迅如霆。公虽纠义旅，主上昧不惺。臣心在扶厦，临死一涕零。拘系皆肝胆，殉难岂伶仃。公投江水死，志士立碑亭。旁植三五树，郁绿似画屏。下负以赑屃，上覆以沧溟。酢之以旨酒，飨之以侯鲭。霜雪亭犹在，版筑堂屡经。石碑虽漫漶，八表有公灵。公生万历间，公殁四十龄。鼎革四百载，山水勒为铭。气节沛乎野，遗迹止一厅。四围盈盈水，三垣灿灿星。来之十五子，心曲能与听。昨宵颓然醉，今日愕然醒。

钟起炎

钟起炎，1982年生，江西赣州人，江西省作家协会会员，中华诗词学会会员，教育工作者。尤好绝句，作品散见于《诗刊》《中华辞赋》《中华诗词》等刊。

/ 我的诗词观 /

我手写我心。尽力用古诗词的形式去表现现代生活，表达当下人的真实的情感状态。

立秋杂感

择一处山林,能安过热心。
由她黄鸟跃,随意白云侵。
口袋空无物,手机调静音。
欲知秋味道,择一处山林。

早 春

长堤寒柳未抽丝,白鹭孤飞立浅池。
不待小桃红上脸,春心先许玉兰枝。

有 寄

与谁曾有桃花约,约到如今约已空。
入夜相思无着处,一川烟雨半窗风。

喻英贤

喻英贤,号凤篁阁,长居深圳,深圳长青诗社理事。作品见于《当代诗词》《诗词报》《诗潮》《诗词选刊》《中华诗词》。

/ 我的诗词观 /　　词贵沉厚,厚方能味之不尽。

塞翁吟

题记：绍圣四年，子瞻流放琼州儋耳，子由放雷州海康，赴贬途中，二人约聚雷州。数日后，子由送子瞻至徐闻渡口，子瞻登舟而去，至瞻病逝常州，兄弟无复再见，不意此别竟成永诀。乙巳岁初，余过徐闻海港，望沧波浩渺，顿感人生聚散无常，世途坎坷多艰，不亦痛哉。

泼墨重云乱，凭眺海色暝矇。九州外、问遗踪。唤一缕幽惊。平波万古埋愁地，犹送射眼酸风。去国客、杖筇翁。恨别此匆匆。

忡忡。凭谁记、寒灯夜话，分携泪、都销梦中。剩离索、家山独望，忍尘世、寂寞空寻，踏雪飞鸿。苍寒逝水，杳渺孤怀，休诉骊龙。

满庭芳·秋夜西郊山房听东山先生吹箫曲《梅花三弄》

绿茗香醒，兰灯晕浅，一点尘绪都无。嫩凉庭院，桐影映阶除。翠管何人吹撅，顿消得、物外清虚。悠然意，半襟月色，满座识仙逋。

萦纡。千万缕，箫声暗度，平野烟墟。念梅放孤山，雪拥西湖。缥缈灵韶到耳，应忘却、浮世微躯。凝神处，风篁成韵，冰魄过云裾。

湘春夜月

题记：隔屏见友人腾冲大竹坝赏山甸梨花，悠然自得，真世外之境也，因赋此调以寄之。

碧烟轻，一川芳草连堤。陇上白雪如云，新雨破棠梨。豁眼远山幽谷，正翠微清润，鹭羽飞低。趁钿车不至，轻衫短帽，来听鸠啼。

扶筇古道，横琴坐石，欹枕临溪。凤管楼台，元或是、夜深庭寂，槐梦迷离。风霜客旅，最羡他、松月侵衣。对四野，任襟愁吹散，孤怀但许，春色相宜。

钟波

钟波，1989年生，湖北人，客居辽西。唐社成员，锦州市作家协会会员。

/ 我的诗词观 /　　阅世终非蝴蝶梦，交游各是稻粱身。

感事其一

自有珠崖不可攀，珊瑚出海泪潸潸。
因缘觑破三生劫，饱暖参成一字关。
人外烟涛何以赴，胸中彩笔此相还。
为猿为鹤将随世，嵌在红尘石尚顽。

感事其二

涓埃遭尽愧非才，误我逃情归去来。
蒙泣枯鱼何以报，好衔腐鼠莫相猜。
人生三十余三十，酒到一杯复一杯。
不是因缘强作态，安贫自古有沉哀。

金缕曲

舟刻于何处。是当年、滴雨梧檐，留人不住。湖海光阴催斑驳，旧日莺歌园囿。尚留存，桃花诗句。萍末相逢如开谢，结尘寰倒影于朝露。来也罢，去何去。

千里江山倾一顾。记缁衣，烟北风南，车尘无数。萧瑟寒花飘零尽，略把前生分付。剩今宵、相寻难著。好梦销残余温在，孤恨茫茫举。当此夜，竟谁语。

李伟亮

李伟亮，网名李江湖。中国诗歌网诗词编辑。曾获《诗刊》2016年度陈子昂诗歌奖年度青年诗词奖。

/ 我的诗词观 /

诗词的写作需要融入当下的、自我的、排他的、独特的"情绪"，从而表现诗人的世界观，同时其文本要符合传统诗歌审美特质和规律。

鸽子窝公园携妻子看海

与妻并坐沐朝晖,长脚鸣禽飞复飞。
小儿不解看潮水,挖得一筐花蛤归。

下班口占

断续风衔白衬衣,二三蝙蝠柳梢飞。
街头懒看桃花雪,曳着斜阳买米归。

夏日绝句

炎风溽暑忽雷声,阵雨清凉湿古城。
最是长街初看海,公交一叶剪波行。

邢建建

邢建建,字晏如,山东潍坊人。现为《诗刊》社中国诗歌网旧体诗编辑。中国作家协会会员,山东优秀诗人。

/ 我的诗词观 /   以生活佐料,烹出诗的味道。

窗 外

风吹白露见秋痕,斜出云霓尽一吞。
坐在窗前看都市,车流不断送黄昏。

西江月·打水漂

芦荻放开秋色,石头吻上清波。只因一度醉烟萝,不肯匆匆别过。

更有鸟鸣痴梦,还和风进旋涡,水花深处正飞梭,原是青春唤我。

北 漂

储备春天梦,忽然成北漂。未知地铁线,暂许南二桥。
入夜蟑螂出,趁月梨园逃。梨园没有果,隔壁藏着猫。
中介偷跑路,房东贴封条。几番争与辩,还需付现钞。
逢疫多不易,何必更言糟。五月连七月,离离复迢迢。
再三搬迁后,辗转到燕郊。临近潮白河,不挤他人巢。
房间虽说小,楼层却很高。一望八千里,万象一秋毫。

后记

当代人写诗词经常会遭到质疑,因为提出质疑的他们相信"唐后无诗,宋后无词。"甚至会说:"你诗词写得再好,能好得过唐宋吗?"这个问题其实是一个伪命题。自古就有"文无第一,武无第二"之说,既然难分高下,又何来好得过,好不过之说?对于真正喜欢文字,喜欢诗的人来说,他们写出的作品是不会优先考虑与古人相比的。试问,当代谁写的小说会去和四大名著相比?又有谁的散文会去和唐宋八大家相比?小说不会,散文不会,那为什么诗词一定要来分个高下?所以,这是一个伪命题。诗是什么,诗首先是一个简单的汉字,但这个汉字又不简单,因为它除了是一个文学体裁外,还是一个很难用一句话,或一段话,甚至是一篇文章来说得清楚的一个字。就是这么一个字,这么一个简单的汉字,自它诞生至今,有多少人为之痴迷一生。

现在是 AI 时代,如果问 AI"诗"是什么,AI 会告诉我们:"诗"是一种用高度凝练的语言,形象地表达作者丰富情感,集中反映社会生活,并具有一定节奏和韵律的文学体裁。这是关于诗的一个简单的、基本的总结,这个总结也只是呈现出了"诗"

表面。因为"诗"更深一层的意义是已经随着几千年的传承融入到了人们的骨血之中。这样的融入是如同细胞一样,鲜活的,无时无刻又无处不在的。它会渗透到生命的各个角落,它不该被定义,只因为它无须定义,就如自然的金、木、水、火、土,是独立且一直存在的。

2025年1月21日,"中国诗词出版中心"成立暨中国书籍出版社和《诗刊》社战略合作签约仪式在中国新闻出版研究院举行,这次签约仪式将会就诗词出版、作者发掘、宣传推广、诗词研究等多个领域进行全方位的深度合作,这个出版中心将是一个诗词出版的新高地。双方的深度合作对于诗词界是一大幸事,对于当代诗词如何被当代认可是一个契机。今天,《当代青年诗词一百人》的出版成为双方合作的第一个成果。书中选取了100位青年诗词创作者及他们的作品,他们将会以怎样独特的视角和生动的笔触来书写诗意的人生?他们是否对时代有着敏锐的洞察力和人性的深刻反思?他们的风格、艺术形式,他们的热爱与敬畏,都在这本多彩的诗的世界里。

"人生万事须自为,跬步江山即寥廓。"党的十八大以来,习近平总书记十分重视青年的工作,多次引用古诗文来鼓励青年砥砺奋斗。那么,当代青年的诗词是一番怎样的风采,忏红斋:"若道归途能照影,管领,比肩秋水过生涯。"王悦笛:"四十明标心不惑,东西正位数非馀。"陈巨飞:"倾收夜色还倾舞,独占秋风又独吟。"张紫薇:"深深浅浅层层叠,叶上余音叶底藏。"在这信息泛滥的时代,青年诗人们仍然秉守初心,砥砺前行。他们保持创作的独立性与深度,只因他们相信,在这快餐式文化的环境中终会找到自己的声音,诗的力量是可以动天地,感鬼神的。因此,在本书的编纂过程中,我们特别注重作品质量与思想深度，以及诗人们对时代的理解和生活的写意，力求呈现出当代青年诗人们的风采。他们来自于各行各业，他们突破重重桎梏，他们因为一个"诗"字而走在一起，他们每人拿出最有代表性的作品汇聚成诗的清流。他们的诗中，不管是写景还是记事，都会有着自己独有的体验。他们或晏然，或留痕，或闲暇，或天真，或问谁牵线，清风伴白云。

从《诗经》到这本《当代青年诗词一百人》，诗的形式和内容一直不断地发展和演变。每个时期无不有每个时期的作品，无不承载着时代的特征和文化的积淀。盛唐是一座高峰，两宋是一座高峰，及今又是一座高峰，《当代青年诗词一百人》中的作品是多样的，是融合的，是应运而生的。他们的作品不仅继承了《诗经》、唐宋的精髓，更融入了当代的元素，是时代的气息，是时代的呈现。

值得一提的是，当代青年诗词的创作离不开现代科技的推动，出版更加便捷，传播更加迅速，诗的创作也有着新的灵感和机遇。诗人们都是各行各业的佼佼者，所创作的作品各具特色，因为我在他们的作品中看到了诗人情感的升华。正如陈姝棠《鹧鸪天》所咏："烟霞本是无关我，风月原来不管愁。"这是将意象还原为本质。罗小娟《萤火虫》所咏："分取月光一点点，开合总是照人心。"这是将意象的放大。回到这本《当代青年诗词一百人》的初心，我个人感觉应该是发掘，发掘优秀的青年诗人，让诗人用作品来说话，所以我们不以数量来取胜，而独取质量，每位诗人只选三首作品，我相信通过这三首作品足以看得到诗人的真诚和热忱。

最后，我想说，中国是诗的国度，中华传统诗词是中华优秀传统文化的重要组成部分，历经数千年的发展，积淀着丰富的情感和智慧，传承诗文经典，赓续中华文脉，我辈青年当勇担时代使命，用诗篇来书写最满意的自我。从《诗经》到《当代青年诗词一百人》，这不仅是一个时间的跨度，更是文化的传承与创新。在这个过程中，我们看到了诗作为一种艺术形式的生命力和影响力。也希望每位喜欢诗的人们能够关注这颗新苗，给予它以阳光、给予它以养分，给予它以成长的空间。

谢谢大家！

邢建建